KB114027

양경 新무협 판타지 소설
FANTASTIC ORIENTAL HEROES

악공무림 4

양경 新무협 판타지 소설

초판 1쇄 찍은 날 § 2014년 5월 15일
초판 1쇄 펴낸 날 § 2014년 5월 22일

지은이 § 양경
펴낸이 § 서경석

편집부장 § 권태완
편집책임 § 박은정
디자인 § 이거일

펴낸곳 § 도서출판 청어람
등록번호 § 제387-1999-000006호
등록일자 § 1999. 5. 31
어람번호 § 제2-2496호

주소 § 경기도 부천시 원미구 부일로 483번길 40 서경B/D 3F (우) 420-822
전화 § 032-656-4452 팩스 § 032-656-4453
http://www.chungeoram.com
E-mail § chungeorambook@daum.net

ISBN 979-11-316-9030-7 04810
ISBN 978-89-251-3723-0 (세트)

악공무림

樂工
武林

4

양경 新무협 판타지 소설

도서출판 청어람

目次

제1장	무림맹의 불청객	7
제2장	각자의 이야기	39
제3장	취하다	67
제4장	전쟁과의 대면	91
제5장	전쟁을 연주하다	123
제6장	호국염왕(護國閻王)	163
제7장	홍화문의 비극	187
제8장	바뀌는 상황	215
제9장	결(結), 미결(未決)	259

제1장
무림맹의 불청객

樂
武
林

……,

이 미친 것아!

거기가 어디라고 들어가길 들어가! 이 아비 화병 걸려 죽는 꼴이라도 보고 싶은 게냐! 내 긴말하지 않겠다. 어서 그만두고 그냥 음이나 좇으며 살려무나. 그것이 너를 위한 길이고, 또한 나를 위한 길이다.

만일 이 서찰을 받고서도 무림의 일을 계속하겠다고 한다면, 내 직접 무림맹으로 찾아가……

……

싸익.

웃음이 걸렸다.

서찰에는 온통 송현의 경솔함을 탓하는 말밖에 없었음에
도, 송현의 입가에 걸린 미소는 따뜻하다.

급히 휘갈긴 듯한 필체 속에서 송현을 걱정하는 이초의 조
급한 마음이 보였고, 거친 타박만 가득한 글귀 속에서는 송현
을 위하는 이초의 따스한 마음이 들리는 듯했다.

그래서 웃었다.

송현은 그 미소를 입가에 머금은 채 조심스러운 손길로 서
찰을 곱게 접어 한쪽에 고이 모셔 두었다.

그리고 옷을 갈아입었다.

평소에 입고 다니던 품이 넓고 소매를 묶어 맬 수 있는 옷
을 벗고, 무림인들이 즐겨 입는 무복을 입었다.

그리고 문을 나섰다.

햇볕이 기분 좋게 내려앉는다. 불어오는 바람은 뜨거운 볕
의 열기를 한결 식혀주고 있었다.

움직이기 좋은 날씨다.

"뛰자!"

송현은 기분 좋은 날씨를 벗 삼아 달리기 시작했다.

무작정 빨리 달리는 것이 능사가 아님을 배웠다. 보보에 호
흡을 맞추고, 호흡은 깊되 입으로 들이켜거나 새어 나가서는
안 된다.

이것이 최근 송현의 아침 모습이다.

첫 살인을 했다.

혈견왕이라는 모두가 입 모아 죽어 마땅한 자라 말하는 이를 죽임으로써 첫 살인을 경험한 것이다. 그러나 평생 악사로만 살아왔던 송현에게는 그조차도 무심히 넘어갈 수 없는 경험이었다.

매일같이 악몽을 꾸고, 이따금씩 가만히 있다가도 자그마한 소리에도 지레 움찔거리며 놀라고는 했다. 손이 떨려 한동안 거문고를 잡지 못하기도 했었다.

그렇게 보름이 지났다.

악몽을 꾸는 날들이 줄어들었다. 이제 더는 지레 놀라 움찔거리지도 않았다. 떨리던 손도 멈추었고, 잡지 못했던 거문고를 다시 잡을 수 있게 되었다.

대신 지금껏 보지 못했던 것을 보게 되었다.

부족한 것들이다.

송현은 이제야 진우군의 말을 이해할 수 있었다. 진우군의 말처럼 송현은 어설프고 무르다. 그리고 아직 한참 모자라다.

그렇기에 모든 것이 깔끔하지 못했고, 효율적이지 못했다.

힘을 가지고 있음에도 어떻게 써야 할지 알지 못한다. 송현의 힘은, 어린아이의 손에 들려진 명검이나 다를 바가 없다. 제아무리 뛰어난 명검이라 한들, 아이의 손에 들려서는 그 효용을 모두 발휘할 수는 없는 법이다.

그것을 고칠 생각이었다.

스스로 힘으로 바꿀 수 있는 것이 있었다. 그리고 송현의 힘만으로는 바꿀 수 없는 것들이 있었다.

그중 가장 절실한 것이 신법이었다.

송현은 빠르게 움직일 수 없다. 신법을 익히지 않았기 때문이다. 그 때문에 항상 최선의 선택과 대응을 할 수 없었다. 언제나 상대가 먼저 다가오기를 기다려야 했고, 더딘 걸음으로 목적지를 향해 달려가야 했다.

최선이 아닌 차선.

그 간극의 사이에서 감당해야 하는 크고 작은 결과들.

송현은 그것을 줄이고자 했다.

그래서 진우군을 찾았다.

그리고 신법을 가르쳐 달라 청했다.

"진시가 시작될 때 달리기를 시작해라. 정오가 되기 전까지 외맹현을 백 번 돌 수 있다면, 그때 신법을 가르쳐 주지."

진우군이 송현에게 내건 조건이었다.

무리한 조건이다. 외맹현은 이미 그 자체로도 작은 현에 비견되는 규모를 자랑한다.

송현이 아무리 빨리 달린다 한들 정오가 되기 전에 백 바퀴를 완주한다는 것은 사실상 불가능에 가까운 일이었다.

그럼에도 송현은 순순히 진우군의 조건을 받아들였다.

첫날에는 정오라는 시간의 제한에만 신경 썼었다.

그저 빠르게 달리려고만 했다. 그러니 금방 지쳤다. 한 시진은커녕 일다경도 되지 않아 달리기를 멈추고, 제자리에 주저앉아 버렸다.

첫날 송현은 달리기를 끝내 마치지 못한 채 자정이 한참 지나서야 외맹현을 백 번 돌 수 있었다.

그렇게 또 보름이다.

송현은 더는 빨리 달리는 데에 집착하지 않았다. 그저 한 발 한 발 호흡과 보보(步步)가 하나로 일치하고, 몸의 중심이 흐트러지지 않게 하는 데에만 신경 썼다.

우습게도.

빠르게 달리는 데 집착했던 처음과 달리, 송현의 백 바퀴의 기록은 점점 더 단축되고 있었다.

"후욱! 훅! 훅! 후욱!"

송현의 이마에는 이미 구슬땀이 가득 흘러내렸다.

백면서생이나 다름없이 뽀얗던 얼굴은 어느새 햇볕에 그을렸다. 그을린 얼굴은 오히려 송현을 건장하게 보이게 해주었다.

보보를 내디딜 때마다 송현의 가슴은 크게 부풀었다가, 줄어들기를 반복했다. 벌써 서른 바퀴째 외맹현을 돌고 있음에도 송현의 허리는 꼿꼿이 서서 앞으로 치우치지도, 뒤로 젖혀지지도 않는다.

"무서울 정도군요."

유서린이 그 모습을 보고 툭 감상을 내뱉었다.

그런 유서린의 옆에는 진우군이 팔짱을 낀 채 송현을 응시하고 있었다.

평소였다면 숲 속에서 나뭇잎을 세고 있을 때이지만, 송현이 달리기 시작한 이후 진우군은 줄곧 송현이 달리기가 끝날 때까지 이렇게 나와 지켜보고는 했다.

"무섭다?"

고개를 돌린 진우군의 시선이 유서린을 향했다.

유서린은 송현을 향한 시선을 거두지 않은 채 붉은 입술을 달싹였다.

"적응력이요. 무서울 정도예요."

유서린의 말에 진우군의 시선이 또다시 송현을 향했다.

달리기를 멈추지 않는 송현은 어느덧 저만치 멀어져 있다.

진우군은 고개를 끄덕였다.

"그렇지."

진우군의 두 눈에 달리는 송현의 모습이 가득 찼다.

진우군은 무림인이다.

평생 뼈를 깎는 고련을 계속해 온 진우군의 눈은 범부(凡

夫)의 눈과는 달랐다.

구슬땀을 흘리면서도 쉼 없이 달리는 송현.

그런 송현의 모습이 진우군의 눈에도 전혀 어색해 보이지 않는다.

"이제 달리는 법은 충분히 깨달은 것 같다."

세 살배기 아이도 걸음마를 시작하면서부터 기우뚱기우뚱 달리기를 시작한다. 무공을 수련하지 않은 촌부도 달릴 수는 있다. 대갓집의 규수도 달리는 것쯤은 얼마든지 할 수 있다.

하지만 그뿐이다.

그들에게 그 이상은 기대키 어렵다.

사람이 달리기 위해서 강한 하체가 필요하다. 하체만으로 모든 것이 해결되는 것은 아니다. 두 다리가 몸 전체를 움직이듯, 몸 전체가 두 다리를 움직인다. 허리는 단단히 버티고 서서 두 다리를 당겨 주어야 하고, 휘젓는 두 팔은 두 다리에 힘을 실어주어야 한다.

그뿐만이 아니다. 달리기를 멈추지 않을 수 있는 체력이 기본으로 바탕이 되어야 한다. 호흡도 얕아서는 안 된다. 호흡이 얕으면 쉬 가빠진다. 그렇다고 너무 깊기만 해서는 안 된다. 보보가 반복될수록, 호흡은 자연히 흐트러지게 마련이다. 깊기만 하고 단단하지 못한 호흡은 보보가 전해주는 충격을 이겨내지 못한다. 호흡은 깊되 단단해야 하고, 내딛는 걸음과 조화를 이루어야 한다.

그래야 쉬 지치지 않고 오래 달릴 수 있다.

그러나 그것은 오래달리기 위한 방법일 뿐인 것 또한 사실이다.

단기간에 폭발적인 속도를 내야 하는 달리기 법과는 상당한 괴리가 있다.

"수련을 바꿔야겠군."

진우군 또한 그에 대해 생각해 놓은 바가 있었다.

그가 예상한 것보다도 빠르게 적응한 송현을 위한 또 다른 수련법을 제시해야 할 때다.

"그뿐만이 아니에요."

유서린은 고개를 저었다.

"그뿐만이 아니다?"

"첫 살인이었어요. 그리고 불과 보름 만에 자신이 해야 할 일을 찾기 시작했죠."

"그렇군."

유서린이 하고자 하는 말이 무엇인지 짐작할 수 있었다.

"첫 살인……."

진우군이 나직이 그 말을 곱씹었다.

무림이란 세계 속에서 살아가는 사람에게 있어 살인이란 피할 수 없는 업(業)과 같았다. 하루에도 헤아릴 수 없는 살인이 일어나고, 반복된다.

은원은 그렇게 생겨나고, 기하급수적으로 증식한다.

그러나 그런 무림인에게조차 첫 살인이란 결코 가벼운 것이 아니었다.

강호로 쏟아져 나오는 많은 신진 고수조차 첫 살인의 고비를 넘기지 못하고 사라진다. 살인에 대한 무의식적인 망설임이 빈틈을 노출시키는 것이다. 또한, 첫 살인의 고비를 넘긴 이들조차 그 여파를 이기지 못한 채 스스로 자멸하고 만다. 이후 찾아오는 죄책감과 정신적인 충격 탓이다.

사람이 사람을 죽이는 일은 그런 것이다.

그것은 천권호무대 또한 마찬가지다.

초창기 천권호무대의 대원들은 모두 살인을 경험한 낭인과, 중소문파 출신의 무인들이었으나 지금은 그 환경이 달라졌다.

유서린과, 소구도 불과 몇 년 전에 첫 살인을 경험해야 했다.

진우군은 그 두 사람이 첫 살인이란 충격의 여파를 이겨낼 수 있도록, 오히려 그들을 사지로 내몰았다.

죄책감이나 충격을 느낄 틈도 없이, 살기 위해 사람을 죽여야 하는 상황. 그 상황 속에서 첫 살인에 대한 충격을 희석하는 것이다.

낭인들 사이에서 흔히 쓰이는 방법이다.

그러나 진우군은 송현에게 그러한 방법을 강요하지 않았다. 아니, 오히려 그가 스스로 찾아오기 전까지 홀로 내버려

두었다.

송현이 가는 길이 진우군은 물론, 천권호무대가 가는 길과는 다르다 여겼기 때문이다.

그리고 송현은 첫 살인을 경험한 지 불과 보름 만에 진우군을 찾아왔다.

그러한 면모로 보자면 유서린의 말처럼 송현의 적응력은 무서울 정도다.

"살인귀가 되지는 않을 것이다."

진우군이 말했다.

"저도 그렇게 생각해요."

유서린이 고개를 끄덕였다.

너무나 무던하게 첫 살인의 충격을 흘려 버린 송현이었지만, 그렇다고 살인이란 행위에 취한 모습도 아니다.

살인귀는 되지 않을 것이다.

"그래서 더 무섭죠."

맨 정신으로 자신의 첫 살인이 준 충격을 버텨냈다.

그 심기가 얼마나 굳고 깊은지 쉬 가늠하기 어렵다. 어쩌면 살인이란 행위에 취해 버린 미치광이들보다 송현이 무서운 이유는 그 때문인지도 몰랐다.

"그렇군."

진우군이 담담히 고개를 끄덕인다.

다그닥다그닥.

그때였다.

저 멀리서 말발굽 소리가 들렸다.

덜컹거리는 마차 바퀴 소리도 이내 뒤따랐다.

송현에 대해 이야기하던 진우군과 유서린의 시선도 그쪽을 향했다.

네 마리 말이 끄는 마차.

이미 마차의 크기만으로도 자그마한 집의 규모에 버금갔다.

외맹현 정문을 지나치면서 속도를 줄인 마차는 유서린과 진우군이 있는 쪽으로 다가왔다.

"……."

그리고 정확히 두 사람 앞에 멈췄다.

"그대가 호무대주인가?"

휘장으로 가린 마차의 창 너머로 여인의 음성이 들려왔다.

짐짓 근엄하게 목소리를 아래로 내리깔았지만, 그 어린 목소리를 다 숨길 수는 없는 노릇이다.

"누구십니까?"

그 물음에 진우군의 얼굴에 경계가 어렸다.

마차는 곧장 진우군이 있는 쪽으로 향했다. 마차 안의 존재는 이미 진우군의 정체를 알고 있었다는 이야기가 된다.

진우군은 상대가 누구인지 알지 못하는데, 상대는 진우군이 누구인지 안다.

무인으로서 경계심이 일어나는 것은 자연스러운 일이다.

펄럭!

바람결에 휘장이 펄럭이며 젖혀졌다.

그 틈으로 목소리 주인의 얼굴이 드러났다.

목소리만큼이나 앳된 기가 남아 있는 얼굴이었으나, 충분히 미인이라 부르기 부족함이 없었다.

아니, 차고 넘쳤다.

온갖 장신구로 꾸민 흑단(黑檀) 같은 머릿결이 유독 눈에 들어왔다.

마차 안, 그녀의 작고 붉은 입술이 움직였다.

"소연공주다. 맹주를 만나고 싶다 전하거라."

＊　　　＊　　　＊

소연공주의 방문.

공식적으로 황제의 혈족이 무림맹을 방문한 것은 이번이 처음이다.

소연공주는 곧장 무림맹주와 독대했지만, 그 소식은 이미 무림맹 전체로 일파만파 번지기에 부족함이 없었다.

황실과 무림맹주의 접촉.

원령들은 급히 한자리에 모여 촉각을 곤두세웠고, 맹 내의 무사들 또한 두 사람 간에 무슨 이야기가 오갈 것인지에 대해서 이야기를 주고받았다.

그러나 그것은 송현과 상관없는 일이었다.

소연공주가 무림맹을 방문했다는 사실조차 알지 못하는 송현은 그저 평소처럼 외맹현을 달리고 있었다.

하지만, 그것도 여기까지다.

"여긴 무슨 일이십니까?"

소란스러운 무림맹의 분위기를 뒤로하고 달리기를 계속하던 송현이 발을 멈추었다.

외맹현 다리 위에 유서린이 서 있는 탓이다.

달리기를 시작한 이래로 유서린이 한 번씩 찾아와 자신을 살펴보고 간다는 것은 알고 있는 송현이었지만, 이렇게 길을 막고 서는 경우는 처음이었다.

"수련은 나중에 하세요."

달리기를 멈춘 송현의 물음에 유서린은 짧게 대답했다.

부족한 설명에 송현의 두 눈에 의구심이 깃들었다.

그 기색을 읽은 유서린이 부족한 설명을 보충했다.

"맹주께서 찾으셔요."

"맹주님께서요?"

하지만 송현의 의문은 오히려 더욱 짙어지기만 했다.

맹주와 몇 번 마주하기는 했었다. 이초와의 인연이 있으니 당연한 일이다. 하지만, 그것도 이따금 불러 이야기를 하는 정도였다.

수련을 멈추게 하면서까지 찾는 경우는 흔치 않았다.

송현의 의문이 좀처럼 풀리지 않는 사이.

"그럼 저는 이만……."

유서린은 할 말을 다 했다는 듯 휙 하고 몸을 돌려 버렸다.

워낙 평소에도 냉기가 도는 그녀니만큼, 그런 그녀의 행동은 전혀 이상할 것이 없었다.

그러나.

'화가 나셨나……?'

송현은 그런 유서린의 뒷모습을 보며 고개를 갸웃거렸다.

평소와 다름없는 모습이다.

표정은 차갑고, 목소리엔 냉기가 돈다. 언제나 할 말만 하는 것도 마찬가지다.

그런데도 송현은 돌아서는 유서린의 뒷모습에서 묘한 이질감을 느끼고 있었다.

송현이 멀어지는 유서린의 뒷모습을 바라보던 사이.

"이런!"

그 사이에도 시간이 지나가고 있었다.

멍하니 서 있던 송현은 바삐 걸음을 옮겼다.

맹주가 찾으니 지체할 겨를이 없다. 그렇다고 땀에 흠뻑 젖은 지금의 몰골로 찾아갈 수도 없는 노릇이다.

땀을 씻어내고, 채비를 갖추려면 서둘러야 했다.

맹주전에 소연공주와 무림맹주가 나란히 마주 보고 앉았다.

작게 마련된 다과상에는 유건극조차 평소에는 쉬 음미하지 못하는 용정차가 하얀 김을 모락모락 피워내고 있었다.

차가 나온 이후 소연공주의 목소리는 줄곧 끊어지지 않고 이어져 나왔다. 그리고 그녀의 이야기는 끝을 바라보고 있었다.

"…이제 맹주의 설명을 듣고 싶구나."

하대다.

명색이 무림이란 세계에 가장 거대한 집단인 무림맹의 맹주를 향해 공주는 하대를 한 것이다.

나이로 보나, 무림맹주라는 직함으로 보나 그것은 지나친 처사다.

하지만, 그 또한 공주의 의도였다.

황실의 손인 그녀에게 있어서 무림맹주도 결국 황실의 백성임을 확실히 하고자 함일 것이다.

맹주라고 그 뜻을 모를 리 없다.

모르기에는 유건극이 맹주라는 자리에 오르기까지의 삶이 결코 녹록치 많은 않은 탓이다.

"허허! 그렇습니까?"

그럼에도 맹주는 웃었다.

그 모습은 무림이 황실의 아래에 있음을 확실히 하는 듯 보였다.

그러나 이내 맹주는 고개를 젓는다.

"마마께서 제게, 아니, 무림에게 바라는 것은 무림인의 손을 빌리시는 것인 듯합니다. 맞는지요?"

"내가 아닌 황상께서 바라시는 것이다. 중원의 모든 것이 황상의 것이니, 빌린다는 표현도 옳지 못하구나."

공주는 맹주의 말을 정정했다.

그러나 공주가 지금껏 했던 말들이 맹주가 파악한 것과 그리 다르지 않음을 인정하는 것이기도 했다.

"북벌이라……."

맹주의 입에서 쓴웃음이 흘러나왔다.

북벌.

유건극이 태어나기 전에도, 태어난 이후에도 수차례 북벌이 있었다.

세인들은 관과 무림은 전혀 다른 세계에 존재한다 말하지만, 그것은 사실이 아니다.

북벌의 여파는 무림에도 미쳤다.

당연한 일이다.

북벌이란 거대한 국가사업이다.

물가가 올라가고, 크고 작은 손실과 이득이 새로 생겨난다.

무림의 사람들도 물가와 이득, 그리고 손실과 전혀 상관없는 존재가 아니었다. 아니, 누구보다 민감해야 했다.

　민감하지 못하면 눈앞의 이득을 놓치고 손실을 감수해야 한다. 그렇게 되면 도태되게 마련이고, 도태되면 언제고 짓밟히게 마련이다.

　그렇게 사라져 간 무림문파만 해도 헤아릴 수 없을 지경이다. 반대로 북벌이란 틈을 노리고 많은 무림단체가 세를 확장했다.

　그렇게 탄생한 것이 독무궁과 사천성, 그리고 백마신궁이었다.

　이미 하나의 문파라 볼 수 없을 만큼 성장한 그들은 전쟁이 끝난 이후에도 꾸준히 세를 확장하며, 중원을 피로 적셨었다.

　맹주로서는 북벌이란 단어가 마냥 반가울 수만은 없었다.

　"패황이 되려 하시나 보십니다."

　"성황이 되려 하시는 것이다."

　공주가 또다시 맹주의 말을 정정한다.

　맹주는 그저 소리 없이 웃었다.

　그리고 또다시 고개를 내저었다.

　"황송한 일이오나, 그것은 제가 어찌할 수 있는 일이 아닌 듯합니다."

　거절이다.

　공주의 눈썹이 꿈틀 하늘로 솟았다.

"황명(皇命)을 거부하겠다는 뜻인가?"

황제의 명령 앞에 거부는 없다. 황제는 그만큼 절대적인 존재이기 때문이다. 해석하기에 따라서 맹주의 말은 결국 반역이라 보아도 좋을 일이다.

아무리 중원 무림에 첫손가락에 꼽히는 세력인 무림맹이라고 한들, 반역을 범할 수는 없는 일이다.

반역을 범하는 순간, 무림과 황실. 둘 중 하나는 중원 위에서 지워져야 하는 대참사가 벌어질 것은 불 보듯 뻔한 일이었다.

"허허! 어찌 한낱 무부에 불과한 제가 황제폐하의 명을 거부하겠습니까."

맹주는 웃으며 고개를 내저었다.

그리고 말했다.

"그저 제겐 그럴 능력이 없음을 말씀드리는 것일 뿐입니다."

"그럴 능력이 없다니? 고하거라."

공주의 고운 아미가 잠시 찌푸려졌다. 그러나 언제 그랬냐는 듯 맹주의 설명을 요구한다.

"무림맹은 저 같은 무부 하나의 것이 아님을 말씀드리는 것입니다. 애초 무림맹이란 단체가 설립된 것은, 중원의 무수한 무림문파의 뜻이 있었기에 가능한 일이지요. 저는 그저 그런 무림맹을 대표하는 상징적인 허수아비에 불과할 뿐입니다."

스스로 허수아비에 비유하는 맹주의 모습은 담담했다.

일견 그 모습이 세상의 권력을 초탈한 현인의 모습을 닮아 있었다.

"이름뿐인 맹주가 움직일 수 있는 힘은, 맹 내에서도 아주 제한적인 수준일 뿐입니다."

"그것이 거절임은 결국 달라지지 않는구나."

공주는 담담히 고개를 끄덕였다.

자기 자신을 낮추는 맹주의 설명이었지만, 결국 그 뜻은 처음과 달라지지 않았다.

북벌에 나서려는 황제의 군대를 지원하지 못한다는 것.

"결국, 그렇게 되었지요. 굳이 방도를 찾고자 한다면, 제가 직접 무림맹의 무인들을, 각 세가와 문파들을 설득하는 일이온데……."

날선 공주의 태도에도 맹주는 여유를 잃지 않았다.

말끝을 흐린 맹주는 이내 피식 웃으며 고개를 숙였다.

"그것이 불가능함은 아마 공주마마께서도 이미 알고 계신 줄로 짐작하고 있습니다. 아니 그러하신지요?"

은근한 물음.

그 물음에 공주의 붉은 입술이 꽉 하고 다물어졌다.

"…좋다."

그리고 이내 어렵게 고개를 끄덕였다.

궁을 떠나오기 전부터 무림이란 곳을 조사했다. 황제의 뜻을 전하고, 그것을 이루는 일을 행하는 것이다. 결코, 소홀함이 있을 수 없는 것은 당여지사였다.

작금의 무림맹의 형세와, 그 속에서 형성되어 있는 권력구조.

무림맹을 구성하는 가장 큰 일곱 개의 세가가 맹주를 견제하고 있다.

맹주가 무림맹이 북벌군을 지원하는 일에 앞장서서 설득한다고 한들 그들이 따를 리 만무했다.

그랬다가는 맹주의 양보로 간신히 봉합해 놓은 무림맹 내의 갈등이 다시 불거져 나올 뿐이다.

그런 상태의 지원이라면 차라리 받지 않느니만 못했다.

이미 알고 있다.

맹주는 오히려 그것을 가지고 소연공주를 물러서게 했다.

"명을 바꾸겠다."

대신 소연공주는 다른 조건을 내세웠다.

"허!"

맹주의 입에서 옅은 장탄식이 흘러나왔다.

'단단히 작정하고 찾아왔구나!'

이미 황제의 명을 한번 거부한 이상, 이번만큼은 입바른 소리로 넘어갈 수 없다.

소연공주도 무림맹주도 알고 있는 사실이다.

"현재 절강에……."

공주가 피할 수 없는 명령을 이야기한다.

맹주는 쓴웃음을 감추며 깊게 가라앉은 눈으로 명령을 듣기 시작했다.

*　　　*　　　*

꽃밭 위에 세워진 정자가 운치를 더한다.

뒤로는 형문산의 산그늘이 길게 드리워져 뜨거운 땡볕을 막아주고, 그 그늘이 끝나는 앞에는 환한 햇볕을 받으며 자라난 꽃들이 만개하여 그 향을 사방에 퍼뜨린다.

바삐 오가는 나비와 벌은 분주하다.

곳곳에 자리 잡은 연못들과, 그 연못을 하나로 잇는 수로에는 작은 물고기들과, 커다란 잉어와 자라가 한가롭게 무리지어 헤엄친다.

송현은 그곳에 있었다.

뚜― 웅.

거문고를 무릎에 올려두고 현을 뜯는다.

그리고 그런 송현의 앞에 소연공주가 있었다. 정자 밖에는 허리춤에 찬 검대 위로 손을 올려둔 궁녀 효인이, 언제든 검을 뽑을 수 있는 태세로 주위를 경계한다.

송현은 속으로 작게 웃었다.

'공주마마셨다니.'

맹주의 부름을 받고 찾아갔더니 소연공주가 있었다.

송현을 부른 건 맹주가 아닌 소연공주였다.

소연공주의 얼굴에는 궁을 떠나기 전 보았던 그때의 얼굴이 고스란히 남아 있었다.

죽은 강아지의 무덤 앞에서 눈물짓던 그때의 그녀가 나인이 아닌, 공주라는 사실에 속으로 적지 않게 놀랐던 것도 사실이다. 따지고 보면 송현은 공주에게 무례를 범한 대역죄인인 셈이었으니까.

하지만 소연공주는 그때의 일에 대해서는 한마디 말도 하지 않았다.

그저 송현에게 연주를 명령했을 뿐이다.

"……."

송현의 연주를 들으면서도, 소연공주의 시선은 저 앞의 꽃밭에 닿아 있었다.

그 모습이 무언가 생각하는 듯 보이기도 했고, 또 아무런 생각도 하지 않는 듯 텅 비어 보이기도 했다.

그런 그녀의 입가에 웃음이 번진 건 그로부터 잠시 뒤의 일이었다.

쫑긋! 쫑긋!

다람쥐 하나가 담벼락을 넘어들어왔다.

꽃밭에 앉은 다람쥐는 바삐 이리저리 내달리다 이내 멈추고는 두 다리로 일어서서 두 귀를 쫑긋거리며 사방의 소리에 귀를 기울인다.

송현의 연주 소리 탓일까.

다람쥐는 송현과 소연공주가 있는 정자를 향해 돌아섰다. 그리고는 고양이 세수하듯 양손으로 제 얼굴을 비비며 몸단장을 한다.

그리고는 입안에 숨겨둔 도토리를 꺼내 들고 돋아난 앞니로 열심히 갉아 먹는다.

그 모습이 한가롭다.

또한, 자유롭고 익살스럽다.

뚱— 뚜.

그사이 음악이 끝났다.

동시에 한가롭게 도토리를 갉아 먹던 다람쥐도 이내 후다닥 달아나 버렸다.

공주의 표정이 한결 가벼워졌다.

"음을 좇아 궁을 떠났다고 하더구나."

공주의 목소리도 한결 편해졌다. 부러 위엄을 드러내기 위해 낮추지 않은 그녀의 목소리는 듣기 좋은 싱그러운 생기가 묻어 있었다.

송현이 웃었다.

"예, 그랬습니다."

"그런데 그대는 어찌하여 여기 있느냐?"

송현은 공주의 질문에 잠시 머뭇거렸다.

음을 얻기 위해 궁을 떠났다. 궁을 떠날 때까지만 해도 송현의 머릿속에 무림맹은 존재하지 않았다.

하지만, 지금 송현이 있는 곳은 무림맹이다.

무엇이라 대답해야 할까.

마땅한 대답을 찾지 못한 송현은 멋쩍게 머리를 긁적였다.

그때 그녀가 먼저 입을 열었다.

"궁이 그대를 품기에는 모자랐던 것이더냐? 아니면, 네겐 이 무림맹이란 야인들의 단체가 궁보다 거대했던 것이었느냐?"

은근한 가시가 돋친 말이다.

송현은 소연공주가 어찌하여 자신에게 이런 가시가 숨겨진 질문을 던졌는지는 알지 못했다.

다만, 그녀의 가시 돋친 질문이 애초에 송현이 할 수 있는 대답과는 거리가 있음은 알았다.

송현은 자신이 할 수 있는 대답을 했다.

"궁을 떠난 것은 제 자신이 아둔한 탓이었습니다. 또한, 제가 이곳에 머무른 것은 연을 따라 흘러가다 이리되었을 뿐입니다."

공주가 웃었다.

"그 말은 그대가 있는 곳이 이곳이든 아니든 그리 중요한 것이 아니란 말로 들리는구나."

"……."

"궁으로 다시 돌아오거라. 내 그대에게 맞는 자리를 마련해 주겠다. 그대가 무인이 되길 원한다면 내 무관의 자리를 내어줄 것이고, 그대가 예인으로 남길 바란다면 내 그대를 교방 악정의 자리에 올려줄 것이다."

공주의 이야기.

갑작스런 제안에 송현은 잠시 말을 잇지 못했다.

송현은 이유를 알지 못한다. 하지만, 그녀는 송현을 원한다.

황제의 총애를 받는 그녀라면 충분히 그만한 자리를 만들어줄 권력과 능력을 지니고 있었다.

하지만 송현은 이내 웃으며 고개를 저었다.

"죄송합니다."

"이유를 고하여라."

그녀의 요구에 송현의 웃음은 아련해졌다.

"무인이 되고자 궁을 떠난 것이 아니었습니다. 음을 좇아 궁을 떠났고, 음을 좇다 보니 양부를 만났습니다."

"이초라는 예인을 말하는가?"

"그렇습니다."

송현은 고개를 끄덕였다.

소연공주가 어떻게 이초의 존재에 대해서 알고 있는지는 알지 못했지만, 그런 건 상관없었다. 그녀가 원한다면 이초의 존재쯤이야 얼마든지 알아낼 수 있었을 테니까.

대신 송현은 자신의 대답을 이었다.

"말씀이 과격하고 거침이 없으신 분이시지요. 하지만, 좋으신 분이셨습니다. 상처를 속으로 숨기고, 거친 언행으로 정을 숨기고 있으셨을 뿐입니다. 그분은 저를 아들로 받아주셨고, 저는 그분의 아들이 되었습니다. 제가 이곳에 온 이유는 그 연이 있었기 때문입니다."

송현의 입가에 웃음이 머문다.

무림맹으로 온 이유는 이초를 지키기 위해서이고, 또한 음의 길을 걷기 위함이었다. 지금도 스스로 무인이 될 생각은 없다. 다만, 눈앞의 놓인 어려움은 외면하지 않을 생각일 뿐이다.

그렇기에 열심히 수련하고, 스스로 모자란 부분을 채워 가는 것이다.

그러나 그것만이 전부는 아니다.

"이곳에도 사람이 있더군요. 밖에서 보기에는 그저 다른 세상 속에 살아가는 존재들로만 보였는데, 그들 또한 사람이었습니다. 각자의 가슴에 슬픔을 묻고, 치열한 하루하루를 살아가고 있는 사람들이었습니다."

무림맹에 들어오기 전에는 몰랐다.

아니, 무림맹에 들어와서도 피부로 느끼지는 못했었다.

전혀 다른 세계에 사는 존재들. 그래서 그들의 생각을 이해할 수 없었고, 그들의 가치관을 인정할 수 없었다.

지금도 크게 다를 것은 없다.

그럼에도 다른 것은 분명 존재했다.

인견왕에 의해 희생된 이들을 보면서, 죽은 혼견의 사십구재를 치르면서 깨달음의 일부를 얻었다. 그 깨달음의 일부를 통해 슬픔으로 엮어진 흰 선들을 보았다.

송현의 흰 선은 저 멀리 이초가 있는 악양을 향해, 그리고 지금은 존재하지 않는 할아버지가 있는 하늘을 향해 이어져 있었다.

그리고 보았다.

천권호무대의 대원들에게 이어져 있는 슬픔의 선들을.

그들과 연결된 선들은 오히려 송현보다 많았다. 그리고 그 중 대부분이 하늘과 이어져 있었다.

이 세상 사람이 아니라는 의미다.

또한, 소구를 통해서 그들이 가진 아픔의 일부분을 직접 엿보기도 했었다.

그들은 그런 슬픔을 안고 산다. 그리고 그 슬픔을 아직 떨쳐내지 못했다.

"아직은 이곳에 머물고자 합니다."

송현의 말에 공주는 말없이 고개를 끄덕였다.

처음부터 그녀는 송현을 말 몇 마디로 설득할 수 있으리라 생각하지 않은 듯했다.

"그리하거라."

"감사합니다."

"연주를 계속 듣고 싶구나."

공주의 요구에 송현은 또다시 거문고 위로 손을 얹었다.

무엇을 연주할까.

잠시 가라앉은 분위기를 바꿀 만한 곡이 무엇이 있을지 생각하던 차다.

그때였다.

챙!

지금껏 한마디 말도 없이 기립해 있던 효인이 허리춤의 검을 뽑았다.

그 소리에 한 치의 군더더기도 섞이지 않은 깔끔한 발검이다.

"……."

막 거문고를 연주하려던 송현의 움직임이 멈췄다.

"감히 어느 안전이라고 허락도 없이 접근한 것이냐!"

날카로운 효인의 일갈을 좇아 송현의 시선이 돌아갔다.

"유 소저!"

"천권호무대 소속 유서린이라고 합니다."

그곳에 유서린이 있었다.

검날이 목 끝에 닿았음에도 유서린의 차가운 표정은 여전했다.

"유서린……. 맹주의 딸이 바로 너로구나."

소연공주가 유서린의 이름을 한 번 곱씹어내고 그녀의 가족관계를 입에 올렸다.

꿈틀.

그와 동시에 유서린의 아미가 곱게 일그러졌다.

모르는 사람이라면 알아보지 못할 미미한 변화였지만, 송현의 눈엔 확연히 그 모습이 보였다.

'이런.'

송현도 알고 있다.

그것은 유서린의 입을 통해 전해 들은 것은 아니다. 그저 깨달음을 통해 슬픔의 선을 보게 되었을 때. 그녀와 무림맹주 유건극 사이에 연결된 흰 선을 보았을 뿐이다.

제대로 된 두 사람의 관계를 알게 된 것은 그 뒤에 술 취한 주찬을 통해서였었다.

또 다른 것도 알고 있었다.

주찬은 유서린과 유건극 사이의 일은 말하지 않았다. 하지만, 두 사람의 관계가 그리 원만하지 않다는 것은 이야기해주었다.

사실, 그건 곁에서 지켜보는 사람이라면 누구나 알 수 있을 정도였으니 그리 비밀스러운 이야기도 아니다.

여하튼 중요한 것은 유서린이 그녀의 아버지인 맹주를 싫어한다는 것이다.

"저는 지금 천권호무대원 유서린으로 이 자리에 와 있을 뿐입니다."

역시나 유서린의 대답은 냉랭했다.

이상한 것은 그런 유서린의 냉랭한 태도에도 소연공주의
입가에 웃음은 오히려 더욱 짙어졌다는 점이다.

"그래, 무슨 일로 나를 찾아온 것이냐?"

여유를 보인다.

그 여유로운 공주의 질문에 유서린의 표정은 얼음이 낀 듯
더욱 차가워졌다.

"실례하지만 공주마마를 뵙기 위해 찾아온 것이 아닙니
다."

"나를 보기 위해 찾은 것이 아니다?"

공주의 물음에 유서린은 짧게 고개를 끄덕인 이후 시선을
돌렸다.

"송 악사를 찾아왔습니다."

그곳에 송현이 있었다.

"저, 저를 말입니까?"

갑작스러운 지목에 당황한 송현이 반문하자, 유서린은 차
분히 고개를 끄덕였다.

"천권호무대 전원 소집이에요."

제2장

각자의 이야기

저벅. 저벅.

유서린이 앞장서서 걸었다.

송현의 걸음으로도 뒤쫓기 어려울 만큼 유서린의 걸음은
빨랐다.

"무슨 일로 소집이란 말입니까? 급한 일이십니까?"

영문도 모른 채 따라나선 송현이 앞서 가는 유서린을 향해
급이 질문을 던졌다.

"그런 게 중요한가요? 그런 건 왜 묻죠?"

이상하게 날이 서 있다.

송현은 그 이질감을 느끼면서도 미소를 지었다.

유서린의 어조에 날이 선 이유는 알지 못했지만, 그렇다고 자신마저 경계할 필요는 없지 않은가.

"급히 걸으시기에 질문한 겁니다. 몹시 급한 일인가 하고요."

우뚝.

순간 유서린의 걸음이 멈추어 섰다.

걸음을 멈추고 송현을 돌아보는 유서린의 표정은 한결 누그러져 있었다. 그것은 목소리 또한 마찬가지였다.

"임무일 거예요. 자세한 사정은 저도 알지 못합니다."

"아! 그렇군요."

그제야 두 사람의 보조가 맞는다.

"……."

하지만 나란히 걸으면서도 이후론 두 사람 사이에 어떤 대화도 오가지 않았다.

그때였다.

"교방의 악사로 지내셨다는 이야기는 들었는데, 공주마마까지 친분이 있는 사이셨군요."

문득 유서린이 말했다.

시선은 여전히 정면으로 고정한 채 던진 질문이었다.

송현은 머리를 긁적였다.

"친분이 있는 사이라고 하긴 좀 그렇군요. 한 번 봤을 뿐입니다. 그땐 사정이 있어 마마님인 줄은 몰랐죠. 저는 그때 그냥 어린 나인인가 보구나 했었습니다."

"미인이시던데요."

"예, 미인이시더군요. 그래도 아직 그때 모습은 남아 있으
시더군요. 분위기는 전혀 달라지셨지만······."

송현은 쓰게 웃었다.

궁을 떠나기 전날.

송현이 보았던 나인의 복장을 한 소연공주의 분위기는 지
금과는 많이 달랐다. 그땐 보살펴 주고 싶은 어린 누이동생과
같았었다. 하지만, 지금은 아니다.

지금의 소연공주에게서는 어색한 벽이 느껴진다.

그것이 못내 씁쓸했다.

"즐거워 보이시던걸요?"

"예?"

송현이 의아한 듯 유서린을 바라보았다.

'즐거울 이유가 있었었나?

스스로 자문해 보지만, 대답은 아니었다. 반가운 마음은 있
었지만, 그보다 소연공주의 정체를 알고 난 이후 당황스러운
마음이 더 컸다. 분위기는 무겁지 않았지만, 그렇다고 즐거운
정도도 아니었다.

그런데 왜 유서린은 즐거워 보였다고 말하는 것인지 선뜻
이해하기 어려웠다.

"아, 아니에요. 다 왔네요."

그런 송현의 질문에 유서린은 대답을 피했다.

목소리는 여전히 차가웠지만, 더듬거리는 말투나 급히 화제를 바꾸는 모습은 의심할 여지가 없었다.

오늘따라 유독 이상한 모습을 자주 보이는 유서린이다.

여하튼 유서린의 말은 틀리지 않았다.

유서린의 말대로 어느덧 송현과 유서린은 천권호무대의 연무장으로 들어서 있었다.

"헤—!"

웃통을 벗어젖힌 소구는 송현을 발견하고는 씩 웃음을 지었다. 한창 담금질을 하고 있었던 참이었는지, 한 손에는 커다란 망치를 들고 선 채였다.

"끄억! 거 좀 일찍일찍 좀 다니시오! 거!"

주찬은 또 어디 주점에서 술을 먹다가 잡혀 온 길인지 벌게진 얼굴로 바닥에 주저앉아 어눌한 말투로 늦은 송현과 유서린을 타박했다.

"……."

위전보는 말이 없다.

그저 무표정한 얼굴로 송현과 유서린을 한 번 쓱 살펴본 후 진우군에게 고개를 돌렸을 뿐이다.

의외인 것은 진우군의 반응이었다.

"너는 못 올 줄 알았는데 같이 왔군. 잘됐다."

"예?"

송현이 반문했다.

진우군의 소집령에 돌아온 송현이다.

그런데 진우군은 오히려 송현이 이 자리에 모인 것이 의외라 말하고 있다.

무언가 앞뒤가 맞지 않는다.

"임무가 있다고 들었어요. 무슨 임무죠?"

하지만, 송현이 질문할 틈도 없이 유서린이 먼저 진우군을 향해 질문을 던졌다.

"전쟁이다."

진우군의 대답은 간결했다.

"전쟁? 또 뭔 난리도 났답디까?"

무슨 뚱딴지같은 소리냐는 듯한 주찬의 반문에 진우군의 설명이 길어졌다.

"군을 도와 왜적을 소탕하라는 명령이다. 준비 기간은 사흘. 사흘 뒤 본 대는 절강으로 출발한다. 이후 절강군을 지원. 군사부에서 절강 무림의 참전을 유도하는 동안 전선을 지킨다."

"……."

일사분란하게 내려진 진우군의 명령에 일순 침묵이 감돌았다.

"…씨벌!"

침묵을 가장 먼저 깬 이는 주찬이었다.

술기운으로 벌겋게 달아올라 있었던 주찬의 얼굴은 어느새 멀쩡히 되돌아와 있었다.

주찬의 얼굴은 마치 소태라도 핥은 듯 형편없이 일그러져 있었다.

주찬의 눈빛은 심각했다.

매사 장난스럽던 그의 모습은 사라진 지 오래다.

그런 주찬의 모습은 평소의 그것과는 확연히 달랐다. 그렇기에 모두의 시선이 주찬에게 집중되었다.

복잡한 시선으로 멍하니 앉아 있던 주찬은 한동안 말이 없었다.

"상황은? 심각하답니까?"

"심각하다. 첫 해전에서의 대패로 왜군의 기세가 절강군을 압도하고 있다고 한다. 군을 총괄해야 할 도지휘사는 첫 해전에서 전사했고, 현재 지휘첨사 주군균이 군을 총괄하고 있다고 한다."

막힘없는 진우군의 설명.

진우군의 설명이 계속될수록 주찬의 얼굴은 점점 더 무겁게 굳어가고 있었다.

"제기랄! 알겠습니다!"

주찬이 씹어뱉듯 고개를 끄덕였다.

*   *   *

"고생이 많으셨습니다. 받아들일 수밖에 없는 조건이 아니었습니까."

유서린이 차갑게 명령을 받아들이는 사이.

무림맹주 유건극은 총군사와 마주하고 있었다.

사마중걸의 위로에도 맹주의 입가에 머문 쓴웃음은 좀처럼 사라질 기미가 없었다.

"그렇지. 절강은 나의 텃밭이나 다름없는 곳이니, 아무리 허수아비 무림맹주라 한들 그곳에서는 내 이름이 통할 것이야. 거절할 명분이 없지."

유건극이 힘을 잃은 지금도 그를 지지하는 무림 세력은 중원에서도 소외된 변방과, 작은 중소문파들이 대부분이다. 예외가 있다면 절강이다.

덕청유가(德淸柳家).

유건극의 뿌리가 되는 출신가문이다. 오래전부터 절강에서도 명망 높은 무림문파로 존재해 왔었던 곳이기도 했다. 유건극이 절강의 지지를 받는 것은 그가 덕청유가의 출신이라는 것만으로도 어느 정도 납득할 만한 이유가 될 수 있었다.

하지만, 이유는 더 있었다.

복건에 뿌리를 두었던 독시궁 때문이다.

언가의 후손으로부터 시작된 독시궁은 혼란한 시대를 틈타 성장을 거듭했다. 그리고 이내 광서와 광동, 그리고 절강에까지 세력 확장을 시도했다.

그러한 독시궁의 세력 확장 탓에 절강 무림은 많은 피를 쏟아야 했다. 유건극의 덕청유가가 사라진 것 또한 독시궁의 세력 확장에 의한 희생양이었다.

유건극은 무림맹을 규합함으로써 그런 독시궁을 지워냈다.

독시궁의 발아래에 짓밟혀야 했던 절강 무림이 유건극을 지지하는 것은 당연한 일이다.

때문에 유건극은 황명을 앞세운 소연공주의 명을 거부할 수 없었다.

능력이 있음에도 거부한다면, 그것은 반역으로 해석될 수밖에 없다.

적어도 성의는 보여야 할 것이다.

힘없는 웃음을 짓던 맹주가 물었다.

"마마께선 무얼 하시고 있는가?"

"칠대원령을 만나시려 하는 듯합니다. 아마 같은 요구를 하겠지요."

"허허! 그들로서는 난감하겠구먼."

맹주는 웃었다.

같은 요구를 한다. 하지만, 맹주는 북벌을 지원하지 않아도 된다. 독자적으로 힘을 낼 만한 세력이 없기 때문이다. 그에 반해 칠대세가는 다르다.

당장 세가라는 거대한 세력이 존재한다.

그것을 가지고도 명을 거부할 수는 없을 것이다.

또한, 당장 발밑을 어지럽히는 왜적을 상대하는 일에도 빠질 수도 없다.

우습게도 가진 세력이 없어 무림맹의 권력에서 밀려날 수밖에 없었던 맹주였지만, 반대로 지금은 그렇기에 잃을 것이 적어진 상황이다.

"그보다 신풍대(新風隊)는 어찌 되어 가는가?"

"아직 공개하긴 이릅니다. 천권호무대와는 그 시작과 성격부터 다른 곳이라⋯⋯. 공개한다면 괜한 견제만 받는 채 흐지부지될 것이 자명합니다."

"서둘러 주시게. 가능한 모든 방법을 강구하고 또 시도해야 할 것이야. 돌아가는 분위기가 심상치 않아. 곧 바람이 불걸세."

"알겠습니다."

사마중걸의 낯빛이 어두워졌다.

그는 무림맹주 유건극의 지낭이다. 오랜 시간 유건극의 곁을 지켜왔다. 그렇기에 중요한 순간마다 튀어나오는 유건극의 계책과 결정이 어떠한 것인지도 잘 알고 있었다.

유건극은 감각이 좋다.

무림의 정세를 읽을 줄 아는 눈과 귀를 타고났고, 대운을 감지하는 감이 발달했다. 또한, 그 모든 것을 유리하게 이끌

수 있는 계책과 결정을 내릴 수 있는 머리를 지니고 있다.

독시궁과 사천성, 그리고 백마신궁을 무림에서 지워내면서도 무림맹이 지금과 같은 성세를 유지할 수 있었던 것도 따시고 보면 모두 유건극의 그러한 감각 덕택이었다.

그런 유건극의 말이었기에 결코 허투루 넘겨들을 수가 없었다.

"가능한 모든 방법을 동원하겠습니다."

"알겠네. 한동안 맹 내에서도 말이 많을 걸세. 저들끼리도 편이 갈리고 또 주판을 튕기는 이들이 나올 테니 말이야. 허니, 이 기회에 마실 좀 다녀와야겠네."

"역시 혈천패(血天敗) 때문인지요?"

천해성 서녕에 천외사천의 일인인 혈천패군의 모습이 목격되었다는 소식이 전해진 지 불과 나흘 전이다.

맹주는 갑작스러운 황실의 개입으로 소란스러워진 지금을 기회로 삼아 이를 확인해 볼 심산인 것이다.

"그리 걱정치는 말게. 생사를 가늠할 생각은 없으니. 아마 또 소득 없이 돌아오지 않겠는가. 이미, 전에도 몇 번 경험한 일이고."

세상 사람들은 무림맹주가 종일 맹주전 안에서만 머무른다 생각한다.

하지만, 이는 사실이 아니다.

맹주는 실권에서 물러난 이후 이미 몇 번이나 맹을 벗어나고 개인적인 활동을 한 일이 있었다.

그럼에도 아무도 이 사실을 알지 못한다.

그것은 맹주가 실권 이후 스스로 만들어 놓은 생활양식 때문이었다.

어떤 날은 종일 천진각 아이들과 놀아주다가도, 또 어떤 날은 몇 날 며칠이고 식음을 전폐한 채 맹주전 안에서만 거했다.

그렇게 몇 년이다.

햇수로는 헤아리기도 어려울 정도다.

처음 맹주의 그러한 행동에 촉각을 곤두세우던 이들도 시간이 지나면서 무뎌지기 시작했다.

이제는 맹주가 며칠간 맹주전에 칩거한다 한들, 이를 관심에 두는 이들은 그리 많지 않았다.

"천마와 천검은 세상에 눈을 두지 않고, 서로의 고하를 가리는데 열중하고 있으니 걱정할 것 없네. 하나, 혈천은 다르네. 그야말로 사천성과 독시궁, 백마신궁의 잔존 세력을 규합할 구심점으로 가장 적합한 위인이지."

겨우 찾은 무림의 안정이 혈천패 하나 때문에 뒤집어질 수도 있다.

천외사천 중 일인인 혈천패는 언제나 잠재적인 위험요소인 셈이다.

그렇기에 경계를 늦출 수가 없다.

"비단 그것 때문만은 아니네. 한동안 여기저기 머리싸움 한다고 골치 아프지 않았는가. 앞으로도 또 골치 아픈 일들만 가득할 테고. 그러니 이참에 좀 쉬어볼까 하네."

맹주가 웃었다.

그런 맹주의 허허로운 웃음이 오늘따라 유독 지쳐 보인다.

실권을 모두 내어주고 물러섰지만, 맹주와 칠대가문 간의 정치싸움은 아직 끝난 것이 아니다.

맹주가 그것마저 하지 않는다면, 천권호무대와 군사부의 존재조차 위태로워지기 때문이다.

최근 인견왕에 대한 사안으로 여러 가지 말이 많았으니 맹주로서는 충분히 지칠 만도 한 일이었다.

그렇기에 사마중걸은 고개를 숙일 수밖에 없었다.

"그리 준비토록 하겠습니다. 현황에 대한 보고는 비선을 통하여 실시간으로 올려 드릴 것이니 심려치 마시지요."

"고맙네. 부탁함세."

맹주가 고개를 끄덕였다.

비밀리에 정해진 맹주의 출타.

그리고 공식적으로 이루어지는 왜적과의 전쟁에 대한 지원.

적어도 맹주부에서 이루어질 수 있는 모든 결정은 끝이 났다.

왜구와의 전쟁에 참전한다.

준비 기간은 고작 사흘.

천권호무대의 움직임은 바빠졌다.

전쟁에 들어가기에 앞서 가장 신경 써서 준비한 것은 금창약과 면포를 준비하는 일이었다.

전투에 돌입하게 되면 언제, 어디서 칼날이 날아들지 모르는 곳이 전장이다. 매일같이 부상자가 속출하는 그곳에서 제대로 된 치료를 기대하기란 지나친 욕심이다.

비록 무림 세력 간의 전쟁이었지만, 천권호무대 대다수가 그 전쟁을 경험한 만큼 응급상황에서 필요한 의료용품이 얼마나 중요한지는 잘 알고 있었다.

그 밖에도 필요한 것은 많았다.

특히 소구가 할 일은 많았다.

임무를 하달받은 이후 소구는 한숨도 자지 못하고 대장간에 쉼 없이 쇠를 두드려야 했다.

땅! 땅! 땅!

소구의 망치질 소리가 연무장을 가득 울려 퍼졌다.

"도와드릴까요?"

비지땀을 뻘뻘 흘리는 소구를 보다 못한 송현이 돕겠다고 나섰다.

"헤헤!"

그 물음에 망치질을 멈춘 소구가 순박한 웃음을 지었다.

─그래 주시면 좋지요.

"힘드시지 않으십니까? 벌써 몇 시진째 쉬지도 못하시고……."

─제가 좋아서 하는 일인걸요. 아! 이것 보세요.

소구가 무언가 꺼내 송현에게 보여준다.

"이게 뭔가요?"

─완갑방패(腕鉀防牌)예요.

송현은 소구가 내민 것을 바라보았다.

강철재질로 만든 그것은 손목에서 팔꿈치까지 오는 길이를 갖고 있었다. 겉에는 울퉁불퉁한 작은 요철이 자리 잡고 있었고, 반대로 안쪽은 부드러운 가죽으로 덧대었다.

철컥.

소구는 그것을 직접 착용해 보였는데, 그 모습이 영락없는 토시를 닮았다. 강철로 만든 토시이니 팔에 끼는 갑옷인 완갑이라 해도 전혀 틀린 말은 아니다.

─이렇게 착용하는 거예요. 이 상태로 날아오는 창칼을 막거나 흘리면 돼요. 그리고 이렇게 하면…….

찰칵.

소구는 완갑방패라 소개한 그것의 장치를 작동했다.

차락!

그러자 마치 부챗살이 펼쳐지듯 완갑방패가 원형으로 활짝 펼쳐졌다. 펼쳐진 완갑방패의 넓이는 가슴을 가리기에 충분할 정도였다.

"대단하군요?"

송현은 경탄을 아끼지 않았다.

"헤헤."

그런 송현의 칭찬에 소구는 쑥스러운 듯 머리를 긁적였다.

―아니에요. 이렇게 하면 강도가 약해져 버려요. 급한 대로 화살 정도만 겨우 막을 정도인걸요. 그리고 실은 이게…….

찰칵! 찰칵!

소구가 완갑방패를 접어 보인다.

펼칠 때는 한 번에 펼쳐졌던 완갑방패였지만, 다시 평상시의 상태로 돌아가려 하니 일일이 펼쳐진 부분을 다시 접어야 했다.

"아니요. 이것만 해도 정말 대단한걸요."

그러나 송현은 고개를 저었다.

완갑방패를 펼치면 아무래도 강도가 약해진다. 날아오는 칼날을 막기에는 역부족일 것이다. 더욱이 한 번 펼치고 나면 전투 중에는 쉬 다시 접긴 어려울 것이다.

그것은 송현도 안다.

하지만 그런 단점보다는 장점이 더욱 많았다.

언제 어디서 칼날이 날아들지 예상할 수 없는 곳이 전쟁터라 했다. 그 전쟁터에서 날아오는 칼날을 막을 수 있다는 것은 큰 장점이다.

무엇보다 큰 장점은 화살을 피할 수 있다는 점이다.

무림인 중 소구와 같이 방패를 몸에 지니고 있는 경우는 흔치 않았다. 전쟁 중에 굳이 몸에 지니고 다닐 수는 있겠지만, 그 커다란 부피 때문에 오히려 움직임에 방해만 될 뿐이기 때문이다.

그러다 보니 전쟁에서의 화살 공격에는 아무래도 취약할 수밖에 없는 것도 사실이다.

그에 반해 완갑방패는 휴대성을 갖추고 있으면서도, 쏟아지는 화살 공격을 막을 수 있는 효능도 지니고 있다.

그것이야말로 가장 큰 장점이라 할 만했다.

"헤헤."

송현의 칭찬에 소구는 신이 났다.

—아! 이것도 보세요.

그래서 마치 자랑하는 어린아이처럼 자신이 만든 것들을 꺼내놓았다.

신기한 것이 많았다.

평범한 비도에 구멍을 몇 개 뚫어 놓은 것으로 날아가는 궤적을 바꾸게 하는 것도 있는가 하면, 죽통(竹桶) 모양의 작은 쇠막대를 던지니 악기처럼 소리가 나는 것도 있었다.

그렇게 두 사람이 이야기를 나누는 사이.

주찬은 멀찍이 떨어진 구석에서 앉아 있었다.

"…젠장!"

삐죽 내민 입술로 욕설을 내뱉는다.

모두가 바쁘다.

하지만, 주찬은 아무것도 하지 않았다.

본디 주색잡기를 즐기는 주찬이었지만, 어제 임무를 전해 듣고 난 이후 주찬의 행동은 더욱 심해졌다.

밤늦게까지 술을 마셨다.

지금도 그의 손에 들린 것은 반쯤 마시다 만 술병이었다. 주위에는 이미 비어버린 술병이 아무렇게나 굴러다니고 있었다.

그럼에도 미치겠는 건 그렇게 술을 마셔도 도무지 취하지 않는다는 것이다.

"절강, 군부, 전쟁……. 미치겠네!"

주찬은 신경질적으로 머리를 벅벅 긁어댔다.

*　　*　　*

절강으로 떠나기 전날이었다.

송현은 맹주의 부름을 받았다.

노을이 붉게 내려앉았다.

저 멀리 외맹현 쪽에 심어진 커다란 느티나무 그늘 아래에 늙은 노부부가 궁둥이를 붙이고 앉아 있었다. 나란히 어깨를 맞대고 앉은 노부부는 지팡이를 각각 하나씩 품에 안고는 시끄럽게 뛰노는 아이들을 바라보며 흐뭇한 미소를 짓고 있었다.

맹주전 용마루 위에서 내려다보이는 풍경이다.

그곳에 맹주가 있었다.

송현은 말없이 맹주를 바라보았다.

용마루에 걸터앉은 맹주의 시선은 어깨를 나란히 하고 앉은 노부부를 향하고 있었다.

유독 그 뒷모습이 쓸쓸하게 느껴졌다.

그렇게 송현이 맹주를 바라보던 사이.

"왔는가?"

맹주가 문득 입을 연다.

"이리와 앉게나. 이곳에 앉아 보는 세상도 나름 운치가 있다네."

그리고는 송현에게 자신의 옆자리에 앉을 것을 권했다.

송현은 맹주의 곁에 나란히 앉았다.

"저기 보이는가?"

맹주는 손가락을 들어 느티나무 아래에 앉은 노부부를 가리켰다.

"저기 저 노부부 말일세. 자식이 무림맹의 무사라네. 외맹

무사지. 늘 이 시간만 되면 저기 앉아 저렇게 자식이 퇴근하기를 바라고 앉아 있는 걸세. 아마, 그 자식의 나이가 서른은 되었다지? 그 나이 먹도록 장가갈 생각을 안 하는 통해 이만저만 속이 타는 것이 아닌 모양이야. 오! 그래! 이제 나오는구만! 저기!"

맹주는 손가락을 옮겨 다른 곳을 가리켰다.

늙은 노파의 손에 귀가 잡힌 노인이 대대로 끌려 나오고 있었다. 노파의 행동이 과격한 것이 멀리서 보아도 제법 성이 난 모습이다.

"저 두 노인의 자식 중 둘도 외맹 무사라네. 저기 귀 잡힌 노인이 남편이지. 젊었을 때부터 주색을 밝혀 제법 속을 썩였다지. 하긴, 지금도 그 버릇 못 버려서 저리 당하고 있지 않은가. 사흘에 한 번꼴로 저렇게 몰래 술 마시다 걸려 끌려나오고는 하지. 그래도 남편이 재주가 좋은 건지, 부인이 재주가 좋은 것인지는 몰라도 작년 봄엔 떡하니 막둥이까지 낳았지 무언가."

맹주의 입가에 미소가 감돈다.

"부러워."

"예?"

갑작스러운 한마디에 송현이 놀라 맹주를 바라보았다.

맹주는 입가에 미소를 더욱 짙게 지으며 이야기했다.

눈은 여전히 저 멀리 외맹현 느티나무 쪽을 향하고 있었다.

"부럽다 했네. 나는 저들이 부러워. 속 썩이는 자식이 있고, 바가지 긁는 아내가 있고. 비록 서로 쭈글쭈글해지고 기력도 떨어졌지만, 그래도 언제고 곁에 있어주는 내자가 있는 것도 부럽다네. 살아갈 세월이 살아올 세월보다 많았을 때 만나서, 이제는 살아온 세월이 살아갈 세월보다 길어졌을 텐데도 그 고락을 무사히 함께 이겨냈지 않는가. 그래서 부럽네. 자넨 아니 그런가?"

맹주의 물음이 송현을 향했다.

송현의 입가에도 미소가 머문다.

"그렇군요. 부럽습니다."

맹주의 이야기를 듣고 보니 새삼 대단하다 싶어졌다.

두 쌍의 노부부 모두 함께 혼례를 올리고 가정을 꾸리고 살아온 지가 족히 서른 해는 넘었을 것이다.

그 세월이 어찌 평탄하기만 할까.

세상이 그들에게 시련을 내던지기도 했을 것이고, 서로가 서로에게 상처를 입히기도 했을 것이다. 어쩌면 또 다른 고락이 있을지도 모른다.

어찌 되었든 두 쌍의 노부부 모두 그 고락을 함께하고 이겨냈다.

대단하다. 그리고 부럽다.

아무것도 아닌 것으로 보였던 풍경이, 새삼 경이적으로 다가왔다.

그렇게 송현이 감탄하고 있는 사이, 맹주가 질문을 건넸다.

"궁금하지 않나? 내가 왜 자넬 여기까지 불러 이런 쉰 소리나 하고 있는 것인지 말이야."

"궁금합니다."

"실은 부탁이 있어서라네. 당연한 부탁인데, 어째 생전 이런 부탁을 해본 적이 없지 무언가. 해서 이리 말을 돌리고 있는 것이지."

맹주의 입가에 쓴웃음이 머물렀다.

"부탁이라니? 무슨 부탁이신지요?"

"서린이를 부탁하네."

"유 소저를 말입니까?"

송현이 의아한 눈으로 맹주를 바라보았다.

유서린과, 유건극.

두 사람의 관계는 송현도 알고 있다.

슬픔의 끈을 볼 수 있게 된 때부터, 송현은 유서린과 유건극 사이에 이어진 끈을 볼 수 있게 되었다.

또한, 주찬을 통해서도 두 사람이 서로 피를 나눈 부녀지간이란 사실도 전해 들었었다.

"그래, 유서린. 내 딸."

맹주의 웃음이 더욱더 쓰게 변했다.

피를 물려준 딸이다. 하지만, 둘의 관계는 도저히 아버지와 딸이라 보기 어려울 정도다.

맹주도 그것을 잘 알고 있었다.

"다른 이들에게 부탁하기에는 너무 부끄럽더구만. 그래도 자네는 이 형의 양아들이니 내게도 남이 아니지 않은가. 사실, 나는 자네를 제외한 천권호무대에게 큰 빚을 지고 있다네. 그래서 더 이야기하기가 어려워."

그녀는 그를 증오하지만, 그는 그녀의 아비다.

전쟁터로 떠나는 그녀의 안전이 걱정되는 것은 아비로서 당연한 일이었다.

그 부탁을 송현에게 하고 있는 것이다.

그 마음이 전해졌음일까.

송현은 웃었다.

"예, 최선을 다하겠습니다."

"허허! 고맙네."

맹주가 조용히 송현의 어깨를 두드렸다.

그리고 눈을 돌려 송현을 마주한다.

"신세를 졌으니, 나 또한 신세를 갚아야 할 터! 최근 수련에 열심이라 들었네."

맹주의 말에 송현은 솔직히 고개를 끄덕였다.

"예."

"좋지. 특히 달리기란 아주 좋은 수련이야. 자네에게 부족한 부분을 채워주기 아주 좋을걸세."

"감사합니다."

"하나, 무공을 익히려 하지는 말게나."

전혀 예상하지도 못한 말이었다.

"예?"

그 예상하지 못한 말에 송현이 반문하자 맹주는 차분히 가라앉은 목소리로 이야기했다.

"자네의 근간이 무공이 아니지 않은가. 이미 보검을 가졌는데 어찌하여 새로 쇠를 달구려 하는가."

송현은 음을 익혔다.

음을 통하여 힘을 얻었고, 그것이 송현이 가진 힘의 기반이 되었다.

맹주는 지금 송현이 이미 힘을 가지고 있음에도, 왜 한눈을 팔려 하는지에 대해 묻고 있었다.

"그것만으로는 모자라기 때문입니다."

모자라다.

특히 신법과 같이 빠르게 움직이는 것은 송현이 가진 힘으로는 불가능한 것이다.

적어도 송현의 판단으로는 그랬다.

"부족하지 않네."

하지만 맹주는 고개를 저었다.

"나는 이미 이 형을 통하여 자네와 같은 힘을 일부 엿보았지 않는가. 자네가 가진 힘은 전혀 부족하지 않아. 당시 음의 힘을 얻은 이 형은 분명 그러했었네."

대기를 북 삼아 때려 뒤흔들었다.

맹주는 그 모습을 보았다. 이초가 다시 무인이 되고자 하지 않아서 드러나지 않았지만, 맹주의 눈에 그것은 어떤 고절한 무공보다도 위력적으로 보였었다.

적어도 그 가능성은 확실히 두 눈으로 확인했었다.

"자네가 가진 것이 전부는 아닐세. 우선 그것을 찾게나. 방법은 많고 길 또한 많네. 없으면 만들면 그만이지. 한데, 이미 지금껏 만들어온 길을 버려두고 새로운 길에서 다시 시작하는 것은 아니야. 자네는 아직 버려야 할 단계는 아닌 것으로 보이네."

무슨 말일까.

송현은 복잡한 눈으로 유건극을 바라보았다.

방법이 많다고 했다. 길 또한 많다고도 했다. 그러면서도 길이 없으면 만들면 된다고 한다. 또 한편으로는 지금껏 개척해 온 길을 두고 왜 새로운 길에서 다시 시작하려 하느냐고 묻는다.

다만, 어렴풋이 가슴에 와 닿는 것은 아직 버려야 할 단계가 아니라는 말이었다.

가진 것으로 방법을 찾으라.

"…노력해 보겠습니다."

곰곰이 생각에 잠겼던 송현이 무겁게 고개를 끄덕였다.

맹주가 웃었다.

"그리하시게."

그리고는 시선을 돌려 저 멀리 느티나무 아래를 바라본다.

늙은 노부부의 그림자를 좇았지만, 이미 두 사람이 대화를 나누는 사이 해는 거의 저물어가고 있었다.

붉었던 노을은 사라지고, 어스름함이 그 자리를 대신한다.

정답게 어깨를 나란히 하고 앉아 있던 노부부의 모습도 더는 보이지 않았다.

"그만 일어……."

맹주가 막 일어서려 할 때였다.

"감히 질문을 하나 해도 되겠습니까?"

끝나가던 이야기의 끝자락을 송현이 붙잡았다.

"무엇을 말인가?"

"이유를 알고 싶습니다."

"무슨 이유를?"

"유 소저와 맹주님의 관계."

"……."

송현의 대답에 맹주의 얼굴이 굳어버렸다.

깨어진 도자기처럼 맹주의 입가에 걸려 있던 미소가 어긋났다.

송현은 그런 맹주를 향해 못 다한 질문을 덧붙였다.

"대체 무슨 일이 있었던 것입니까? 부녀지간이지 않습니까. 대체 무슨 일이 있었기에 이처럼……."

송현은 끝내 말을 잇지 못했다.

하늘 아래에 혈육 하나 없이 살아온 송현이다. 이초를 아비로 두기 전까지 얼마나 외로움에 떨었던가. 그런데 유서린과 유건극의 관계는 어떠한가.

피로 이어진 사이건만, 둘의 모습은 차라리 남보다 못한 지경이다.

두 사람이 부녀지간이란 이야기를 한 주찬도 그 이유만큼은 이야기해 주지 않았었다.

궁금했다.

대체 왜 두 사람의 관계가 이렇게 된 것인지.

"무례한 질문이었다면 사과드리겠습니다."

송현이 고개를 숙인다.

유서린과 유진극의 관계는 둘만의 일이다.

알고 싶지만, 두 사람이 스스로 대답하길 원치 않는다면 그 이상 캐묻는 것은 예의가 아님을 안다.

"…이야기가 길어질 것 같군그래. 앉게."

유건극은 그런 송현을 한참이나 바라보다 무겁게 입을 열었다.

그의 목소리는 지쳐 있었다.

그리고 유건극은 그 지친 목소리로 이야기를 털어놓았다.

처음 유건극이 했던 말처럼 그의 이야기는 결코, 짧지 않았다.

제3장
취하다

유건극을 만나고 온 날 밤.

송현은 돌아가던 길에 주찬과 마주쳤다.

이미 낮 동안 거나하게 마신 주찬의 얼굴은 시뻘겋게 변해 버린 지 오래다. 취기에 다리마저 풀려 버렸는지 이리 휘청 저리 휘청거린다.

"오! 송 악사! 어딜 갔다 오는 길이오?"

송현을 발견한 주찬이 먼저 아는 체를 했다.

그리고는 비틀거리는 걸음으로 다가와 송현의 어깨에 턱 하니 손을 얹었다.

"맹주님을 만나 뵙고 오는 길입니다."

"맹주님? 아! 아! 우리 맹주님! 그래. 뭐라 하시던가? 우리 맹주님께서는?"

"그냥 이런저런 이야기를 하셨었습니다."

"아! 그래. 이런저런 이야기! 좋지! 이런저런 이야기!"

술에 취한 것인지 주찬의 말은 두서없이 횡설수설이다.

"아! 송 악사!"

의미 없이 고개를 끄덕이던 주찬이 갑자기 말똥말똥한 눈으로 송현을 바라봤다.

"예?"

"좋은데 갈 생각은 없나?"

"조, 좋은 데라니요? 내일 임무인데 일찍 들어가 쉬어야 하지 않겠습니까?"

"임무는 무슨, 절강까지 가는 동안 쉴 시간이야 넘치고 넘쳤는데! 그렇지 않나? 어차피 배 타고 가는 길인데 우리가 할 일이 뭐가 있겠나. 그렇게 빼지 말고 같이 가세. 그곳엔 천상의 음악이 흐르고, 화려한 풍광이······. 그래! 풍류! 풍류가 넘치는 곳이지! 모름지기 사내라면 풍류를 즐기는 데 망설이지 말아야지 않겠는가!"

"푸, 풍류 말입니까?"

횡설수설한 말이었지만, 유독 송현의 관심을 끄는 말이 있었다.

풍류다.

더욱이 천상의 음악이 흐른다고 하지 않는가.

문득 송현의 머릿속에 하나의 그리운 풍경이 떠올랐다.

악양루 삼 층.

그 위에서 펼쳐진 동호연.

창밖으로는 동정호의 장관이 펼쳐지고, 악사들의 손에서는 심금을 울리는 연주가 펼쳐졌었다.

생각해 보니 마음이 동한다.

"저, 정말 그런 곳이 있단 말인가요?"

놀란 송현의 물음에 주찬은 당연한 걸 물어본다는 듯 자신 있게 고개를 끄덕였다.

"아무렴 내가 허언을 하겠소? 송 악사는 나만 믿고 따라오면 되는 거요!"

"정말 이상한데 가는 건 아니시죠?"

"아! 이상한데 안 간다니까! 일단 나만 믿고 따라오시오!"

주찬이 송현의 팔을 이끈다.

송현은 그런 주찬의 말에 이내 못 이기는 척 따라나섰다.

'한번 믿어볼까?'

풍류라는 말에 동한 마음은 송현을 움직이게 했다.

믿을 사람을 믿어라.

오랜 격언이다.

송현은 그 오랜 격언이 절대 틀리지 않았음을 지금 이 순간 절실히 깨닫고 있었다.

주찬의 손에 이끌려 외맹현 서쪽으로 갈 때만 해도 좋았다. 복잡한 외맹현의 거리가 한적해지고, 형문산을 등지고 강줄기를 마주한 주루를 발견했을 때만 해도 그랬었다.

주루에서 은은하게 흘러나오는 연주도 훌륭했다.

악양루와는 다른, 하지만 악양루와 크게 다르지 않은 모습이었다.

때문에, 한껏 기대에 차서 주찬의 뒤를 따랐다.

하지만 웬걸.

막상 주루에 발을 들이고 나서야 송현은 이곳이 자신이 생각하는 악양루와는 전혀 다른 곳임을 알게 되었다.

"자자! 한잔하시오. 오늘 술값은 모두 내가 책임질 테니 송악사는 그냥 마시기만 하면 된다오!"

주찬이 호기롭게 소리치며 술을 건넨다.

그런 주찬의 등 뒤로 커다란 창이 나 있었다. 창 너머로 아직 불 꺼지지 않은 무림맹의 풍경과, 그 무림맹에서 흘러나온 불빛이 반사되어 반짝이는 강물의 모습이 한 폭의 그림처럼 펼쳐져 있었다.

그러나 송현은 웃을 수 없었다.

"어머! 멋지셔라! 소녀는 무사님의 이런 멋진 모습이 너무나 좋답니다. 소녀가 감히 한 잔 따라 드려도 괜찮으시겠어요?"

호기로운 주찬의 외침에 곱게 단장한 기녀가 그의 품에 포
옥 하고 안기며 술을 따른다.

　주찬은 무엇이 그리 좋은지 술에 취해 벌게진 얼굴로 헤쭉
웃고 있었다.

　"천상의 음악이 흐르고 화려한 풍광이 있는 곳이라 하시지
않으셨습니까?"

　송현이 그런 주찬을 향해 물었다.

　음악이 흐르지만, 그 좋은 음악은 기녀의 웃음에 가리어졌
다. 좋은 풍광은 있으나, 그 풍광은 그저 술자리의 배경으로
머물러 있다.

　그것은 송현이 기대한 것과는 너무나 다른 모습이었다.

　실망한 송현의 모습에 주찬이 눈을 동그랗게 떴다.

　"왜 그러시오? 여기 있지 않소? 천상의 선녀님들께서 연주
해 주시는 음률이니 그 음악이야말로 천상의 음악일 것이고,
이렇게 선녀를 품에 안고 풍경을 바라보니 이보다 화려한 풍
광이 또 어디에 있겠소. 하하하! 안 그렇느냐?"

　"어머! 소녀 부끄럽사옵니다!"

　말을 마친 주찬이 힘껏 기녀의 허리를 끌어안는다.

　기녀는 짐짓 부끄러운 척 고개를 숙이며 주찬의 가슴에 얼
굴을 파묻었다.

　'이런!'

　송현은 그저 헛웃음을 흘릴 뿐이다.

불편했다.

악양루에는 기녀를 팔지 않는다.

송현은 그런 악양루의 모습을 기대하고 주찬을 뒤를 따라 왔었다.

하지만, 이곳은 악양루는 아니다.

그것을 탓할 생각은 없다. 주찬이 풍류라 이야기하는 것도 부정할 생각도 없었다.

하지만, 그것은 송현의 풍류는 아니었다.

송현은 그만 자리에서 일어났다.

"저는 먼저 가보겠습니다."

꾸벅 인사를 하고 돌아선다.

풍류를 즐기기 위해 온 자리다. 하지만 이곳에 송현의 풍류는 없다.

애써 자리를 지킬 필요는 없었다.

"나, 나으리!"

송현의 곁에 앉아 쭈뼛거리던 기녀가 놀라 송현을 부른다.

송현은 그런 기녀를 보며 웃었다.

"죄송해요. 소저의 잘못이 아니에요. 그냥 저와 이곳이 맞지 않을 뿐입니다."

송현은 그렇게 기녀의 잘못이 아니라 이야기했다.

그때였다.

드륵.

송현이 막 주루를 나서려는 찰나.

"그럼 송 악사의 음률을 들려주시는 것은 어떻겠소?"

고주망태가 되어 있던 주찬의 목소리가 송현의 발길을 붙잡았다.

"무슨 말씀이십니까?"

"송 악사는 그런 사람이지 않소? 어디에 있든지 송 악사는 늘 송 악사로 남아 있는 분이 아니시오. 무림에 들기 전에도 송 악사는 송 악사셨소. 무림에 들어서도 송 악사는 언제나 송 악사로 남아 있었소. 그것이 송 악사가 가진 풍류가 아니겠소. 그 풍류를 이곳에도 베풀어 달라는 말이오."

송현이 고개를 돌려 주찬을 바라보았다.

여전히 술기운에 붉어진 얼굴이다. 하지만 흐리멍텅했던 눈동자는 또렷했고, 취기로 꼬부라진 발음도 원래대로 돌아와 있었다.

늘 장난스럽고 매사에 헐렁헐렁한 모습을 보이던 주찬의 모습은 없었다.

'왜 저런……'

아니, 지금 송현의 눈에 비친 주찬의 모습은 우습게도 비맞은 강아지처럼 처량하고 가엽게 보였다.

주찬이 웃었다.

"취하고 싶었소. 술이든 여인이든, 사람이든, 무엇이든 간에. 그런데 아무리 취하고 싶어도 당최 취할 수가 있어야지.

그러니 송 악사가 날 좀 취하게 해주시오."

술을 마시는 것도, 주루를 찾고 여인의 허리를 끌어안고 품에 품은 것도.

취하고 싶기에 스스로 속이려는 거짓이었을 뿐이다.

송현은 주찬의 말 속에서 그것을 느꼈다.

거짓 술을 마시고, 거짓 풍류를 찾는다.

"힘든 일이라도 있으신가 보군요."

"크큭! 천권호무대에 어디 멀쩡한 사람이 어디 있겠소."

주찬이 웃는다.

평소의 헐렁했던 모습을 돌아온 웃음이다. 하지만, 송현은 그 웃음마저도 전과 같이 보이지 않았다.

'천권호무대에 멀쩡한 사람이 어디 있겠소.'

그 말이 자꾸만 귓가를 맴돌았다.

소구가 가진 아픔을 보았었다. 유서린과 유건극 사이의 비극을 오늘 들었었다.

주찬 또한 그와 같은 무게의 아픔을 품고 있을 것이다.

"후읍—!"

송현은 깊게 숨을 들이켰다.

여인의 웃음소리도, 거기에 가려진 풍경과 음률도 더는 송현의 마음속에 남아 있지 않았다.

그러니 마음이 동한다.

"악기를 빌릴 수 있겠습니까? 이왕이면 현악기 쪽이었으면 좋겠군요."

송현이 자리를 잡고 앉았다.

송현을 보필하던 기녀가 급히 악기를 구해왔다.

거문고는 아니었다.

화려한 외향을 가진 칠현금이었다.

송현은 그것을 무릎에 올려놓고 현을 손으로 매만졌다.

음을 점검하고 그제야 숨을 크게 들이쉰다.

둥―!

그리고 연주를 시작했다.

무슨 사연을 갖고 있기에 그러는지 묻지 않았다.

그저 지금 주찬의 모습을 보며 느낀 송현의 감정을 음률에 담았을 뿐이다.

비루하고 위태롭다.

그 아슬아슬한 음률은 처연하고 또한 위태로웠다.

"이제야 좀 취하는 것 같소."

주찬이 웃었다.

주찬은 여인의 허리를 끌어안았던 손을 풀어놓고, 술을 마셨다. 송현은 그런 주찬의 모습에 시선을 두지 않고, 오로지 음을 울리는 데에만 정신을 집중했다.

"하아―!"

주찬의 입에서 한숨이 새어 나온다.

연거푸 마시는 술기운이 이제야 온몸을 휘도는 듯했다. 그러면서도 주찬의 시선은 송현에게서 떨어질 줄을 모른다.

"크큭!"

웃음이 나왔다.

'참 오랜만이구나.'

주찬은 속으로 생각했다.

지금의 천권호무대는 예전과 다르다. 서로가 너무나 큰 아픔을 지고 있기에, 오히려 서로가 서로에게 거리를 둔다. 아니, 정확히 말하자면 기대지 않는다.

각자가 가진 아픔조차도 견뎌내기 어려움을 알기 때문이다.

그렇게 지내왔었다.

소구가 새로운 천권호무대의 일원이 되고, 유서린이 천권호무대의 일원이 된 뒤에도. 그리고 송현이 새로 천권호무대에 들었을 때도.

그 암묵적인 불문율은 지켜져 왔었다.

하지만, 지금 주찬이 송현에게 의지하고 있다.

그렇게 의지한 것이 참으로 오랜만이었다.

송현이 가진 마음의 병이 가벼워서가 아니다. 송현이 어떤 사정으로 무림맹에 들었는지를 아는 주찬이기에 그것을 모를 리 없다.

송현의 마음의 병 또한 주찬과 다른 천권호무대에 비해 모자라지 않을 것이다.

그런데도 지금 그에게 기대고 있다.

'비 같지.'

비가 내리면, 비를 맞지 않아도 옷깃이 젖어드는 법이다.

송현이 그랬다.

의지하려 하지 않았음에도, 어느새 송현의 분위기에 젖어
들고 있었다.

'그러고 보면 나만 그런 것은 아닌가?'

피식.

웃음이 새어 나왔다.

이미 송현에게 젖어든 사람이 있지 않은가.

소구.

누구보다 먼저 송현에게 마음을 열고, 그에게 젖어든 사람
은 그였다.

휘잉.

등 뒤에 활짝 열린 창으로 바람이 들어왔다.

그 바람에.

송현의 음률에 취한 것인지, 연거푸 들이마신 술에 취한 것
인지 모를 주찬은 고개를 돌려 창밖을 바라보았다.

불 켜진 무림맹의 풍경이 보인다. 무림맹의 불빛에 반짝이
며 부서져 흘러가는 강물의 모습도 보였다.

뻔질나게 드나들던 곳이었음에도 정작 이렇게 창밖의 풍
경을 살펴 본 것이 언제인지 모른다.

"좋다!"

주찬은 기분 좋은 웃음을 지었다.

송현의 연주는 주루 전체에 울려 퍼졌다.

그 음악 소리에 주루의 분위기가 변했다. 여인을 찾고, 질펀한 음욕만 가득하던 주루가 고요해졌다. 조용히 웃음을 삼키고, 조용히 술잔을 넘긴다.

품에 안은 여인을 탐하기보다, 지금 이 순간의 운치를 탐하였다.

그것은 송현이 생각했던 풍류였다.

그렇게 연주가 끝나고.

송현은 얼큰하게 취해 제대로 걷지도 못하는 주찬과 함께 주루를 나왔다.

자정이 훌쩍 지난 시간이었다.

"하하하! 고맙소. 고마워! 내 송 악사님께 크게 신세를 끄— 억! 졌소! 하하하하!"

주찬은 무엇이 그리 좋은지 밤하늘 떠 있는 둥근 달을 올려다보며 연신 웃음을 짓는다.

"조심하세요! 그러다 넘어지십니다!"

송현은 그런 주찬을 부축했다.

술기운에 취해 제대로 걸음도 걷지 못하는 주찬이니, 걱정되는 송현으로서는 주찬을 부축하는 수밖에 달리 도리가 없었다.

주찬은 거의 송현의 어깨에 몸을 기댄 채로 연신 헤실거리며 웃는다.

취해도 보통 취한 것이 아닌 모양이다.

그러다 보니 시간이 지날수록 송현은 여간 힘이 드는 것이 아니었다.

"내공으로 취기를 날려 버릴 수는 없는 것입니까?"

참다못한 송현이 물었다.

그러자 주찬은 또 헤쭉 웃는다.

"기껏 취했는데, 송 악사는 왜 다시 깨라 하오? 이렇게 취하고 나면 잠시나마 편안한 것을 왜 또 괴로워지라 하시냔 말이오. 못하오! 아니, 안 하오! 그러니 송 악사가 고생 좀 하시오."

뻔뻔하기가 이루 말할 데가 없다.

그리고는 작심이라도 한 듯 다리에 힘을 풀어버렸다. 이젠 숫제 부축한다는 말보다는 들고 간다는 말이 어울릴 정도였다.

"나잇값 좀 하십시오. 좀!"

송현답지 않게 싫은 소리를 했다.

평소 예의를 중시하는 그답지 않는 행동이었지만, 주찬은 그런 것 따윈 개의치 않았다.

"하하하! 내가 나잇값 못하는 거야. 어디 하루 이틀이요?

크큭! 그러고 보면 송 악사는 하는 행동이나 말투가 꼭 늙은이 같아서 형 같소. 그래! 형 같아서…… 형……."

형이란 단어를 곱씹는다.

취기에 가누기 힘든 고개가 아래로 뚝 떨어졌다.

그러면서도 형이란 단어는 여전히 입으로 되뇐다. 입가에 머물던 웃음이 사라지고 표정은 어두워졌다.

그러다 이내 다시 웃는다.

"이제 보니 송 악사는 우리 형님을 닮았소."

"형님이 계셨습니까?"

"있었지. 있었었소. 내 지랄 맞은 성격에 못 이겨 온갖 사고란 사고는 다 치고 돌아다니고, 손가락질이란 손가락질은 다 받고 다녀도 형님은 나를 좋아해 주셨지. 그런 형님은 나랑 정반대인 사람이었소."

주찬의 눈빛이 아련해졌다.

취한 김에 하는 말이다. 내일이면 후회할지도 모른다. 그러나 지금은 이야기하고 싶다.

오랜만에 떠올린 추억을.

그 추억을 입에 올리고, 과거에 잠시나마 취하고 싶었다.

"애늙은이도 그런 애늙은이가 없었소. 항상 점잖고 책임감 있고, 못하는 것도 하나 없었지. 그렇다고 건방진 데도 없고, 항상 배려하고, 양보하고, 보듬어주고… 큭!"

또다시 웃는다.

술기운에 자꾸만 웃음이 멋대로 새어 나온다.

그러나 시간이 지날수록 그 웃음은 점점 더 비틀려 가고 있었다.

"염병!"

그러다 불쑥 욕지거리를 내뱉었다.

"……."

송현은 그런 주찬을 가만히 응시했다.

감정 기복이 심하다. 항상 장난스럽기만 했던 주찬의 모습은 찾아볼 수가 없다.

"절강… 때문입니까?"

갑작스런 송현의 물음이었다.

움찔!

기대어 있던 주찬의 몸의 근육이 움찔하고 경직되는 것이 고스란히 송현에게 전해졌다.

생각해 보면 주찬이 이처럼 혼란스러운 모습을 보이기 시작한 것은 절강군을 지원해 왜군과 싸워야 한다는 임무를 들었을 때부터였다.

"힘드신 일이라면 가지 않으셔도 됩니다."

송현이 말했다.

피식!

주찬이 웃으며 고개를 휘휘 젓는다.

그리고 막 입을 열려고 할 때였다.

"어딜 다녀오시는 길이시죠?"

송현과 주찬의 시선이 소리가 들려온 방향으로 향했다.

주찬은 술에 취해, 송현은 주찬의 대답에 귀를 기울이느라 누군가 곁에 다가오는 것도 알아차리지 못하고 있었다.

"유 소저."

"오! 빙백봉께서 이 밤중에 어인 일이시오?"

목소리의 주인은 유서린이었다.

유서린은 송현과 주찬을 번갈아 보다 고운 아미를 찌푸렸다.

"술을 드시고 오시는 길이시군요."

"아! 그게……."

송현이 무어라 막말을 하려 할 때였다.

주찬이 송현의 말을 가로채며 히쭉 웃었다.

"내일이면 임무에 나가지 않소. 그래서 긴장도 풀 겸 둘이서 한잔했소이다. 송 악사 덕분에 오늘 귀도 호강하고, 아! 그렇지. 송 악사 연주 한번에 기루의 기녀들의 시선이 완전……."

주찬이 게슴츠레한 눈을 뜨고 히쭉 웃으며 송현과 유서린을 번갈아 본다.

그리고 고개를 크게 한번 끄덕인다.

"아아! 내가 눈치가 없었소. 내 먼저 들어갈 테니 할 이야기들 마저 하시오."

"그게 무슨!"

뜬금없는 말이다.

술기운에 판단력이 흐려지니 쓸데없는 오해를 한 듯했다.

역시나 유서린이 발끈 목소리를 높이려 했다.

"꺼억! 취한다!"

하지만 유서린은 비척비척 걸어가는 주찬의 모습에 말을 한다고 통할 상태가 아님을 깨달은 채 입을 꾹 다물어 버렸다.

기루에 다녀왔다는 주찬의 쓸데없는 말에, 괜한 오해까지 덧붙여진 불똥이 송현에게 튀었다.

"그, 그게 저는 원해서 간 것이 아니고요."

얼음장 같은 유서린의 눈빛에 지레 겁을 먹은 송현이 조심스럽게 입을 열었다.

"필요 없어요."

"예?"

"변명할 필요 없다는 뜻이에요. 제가 상관할 바는 아니니까요."

"아! 예."

서릿발 같은 기세에 한마디 쓴소리라도 들을 것이라 지레 겁먹었던 송현의 얼굴에 그제야 웃음이 돈다.

획.

유서린이 돌아섰다.

그런 유서린의 모습에는 여전히 냉랭한 바람이 불고 있었다.

"휴."

생각보다 무사히 고비를 넘어갔다는 생각에 송현은 내심 안도의 한숨을 내쉬었다.

그때였다.

"아참!"

돌아서 저만큼 멀어졌던 유서린이 걸음을 멈추고 다시 송현을 바라본다.

"예?"

송현은 지은 죄도 없이 괜히 몸이 얼었다.

"송 악사님을 기다린 게 아니에요. 괜한 오해하실까 봐요."

송현은 눈을 끔뻑였다.

애초에 오해하고 자시고 할 문제도 아니었다.

굳이 오해한 사람을 찾자면 이미 술에 취해 먼저 들어가 버린 주찬 정도다.

송현은 어색하게 고개를 끄덕였다.

"예, 아, 알겠습니다."

"그럼 이만."

유서린이 돌아선다.

송현은 그런 유서린의 뒷모습을 한참이나 가만히 바라보

다 이내 고개를 갸웃거렸다.

"그런데 왜 저렇게 화가 나셨지?"

송현의 눈에 비친 유서린의 모습은 마치 화가 나 있는 것처럼 보였다.

*　　　*　　　*

해가 밝았다.

천권호무대가 절강으로 향하는 날이다.

포구에서 배에 올랐다.

배가 출발하고 나서는 딱히 할 일이 없었다. 본격적인 활동은 절강에 도착하고 나서야 시작될 테니 어쩌면 이는 당연한 일인지도 몰랐다.

"하음!"

송현은 한숨을 쉬었다.

할 일이 없어 무료했기 때문이기도 했지만, 한편으로는 간밤에 주찬에게 속아 자정이 넘어서야 잠자리에 들어서이기도 했다.

잠자리에 든 이후에도 맹주와 나누었던 대화 때문에 잠에 든 것은 한참이 지나서였다.

잠깐 눈을 감은 것 같은데, 눈을 떠보니 아침이었다.

"기루에 다녀왔으니 피곤할 만도 하시겠죠."

그런 송현을 향해 유서린이 차갑게 말했다.

"예? 아, 기루는 제가 원해서 간 게 아니라……."

"결국은 기루에 다녀왔다는 사실은 변하지 않죠. 아무리 본격적인 임무는 절강에 도착한 이후부터 시작된다고 하지만, 그래도 임무 중은 임무 중이에요. 흐트러진 모습은 자제해 주세요."

"…예. 알겠습니다."

유서린의 경고에 송현은 고개를 끄덕였다.

그런 송현의 대답에 유서린은 또다시 휙 하고 몸을 돌려 저쪽으로 가버린다.

송현은 쓰게 웃었다.

'단단히 미움 받고 있는 것 같은데?'

송현의 시선은 갑판 한쪽에 드러누워 코를 골고 졸고 있는 주찬을 향했다.

전날의 숙취로 아직 정신도 제대로 차리지 못하고 있는 주찬이다.

그런 주찬을 두고 유독 유서린은 송현에게만 무어라 하고 있으니, 미움을 받아도 보통 미움을 받는 것은 아닌 듯했다.

문제는 그렇게 유서린의 미움을 받고 있는 송현이건만, 정작 자신이 왜 미움을 받고 있어야 하는지 그 이유조차 짐작하지 못하고 있다는 점이었다.

도대체 알 수 없는 이유에 송현은 머리를 긁적였다.

"헤헤."

그런 송현을 보고 소구가 웃었다.

"왜 그러십니까?"

"우우!"

의아한 송현의 물음.

소구는 두 손과 고개를 흔들었다.

─아무것도 아니에요. 그런데 유 소저께 잘못한 일이라도 있나요? 유 소저께서 저렇게 노골적으로 감정을 드러내는 경우는 흔치 않은데.

소구의 심언이 들린다.

천권호무대에서 오래 유서린을 보아온 소구도 유서린의 행동이 평소와 다르다고 여기는 듯했다.

송현은 쓰게 웃으며 머리를 긁적였다.

"글쎄요. 어제 주 형께 속아 기루에 다녀온 것 말고는……."

"우우?"

소구가 고개를 갸웃한다.

─유 소저는 임무 활동 중이 아니면. 그런 걸로 화 안 내시는데? 음……. 혹시?

"짚이는 데라도 있으십니까?"

"헤헤!"

소구는 웃어버렸다.

소구의 심언이 송현의 뇌리로 전해져 왔다.

─혹시 질투하는 것 아닐까요? 송 악사님한테만 그러시잖아요.

"……."

송현이 말없이 눈을 깜빡였다.

전혀 예상치 못했던 소구의 말에 잠시 머릿속이 멍해졌다. 하지만, 이내 피식 웃어버렸다.

"에이! 그럴 리가요! 그럴 이유가 없잖아요."

"우우."

─그, 그렇죠?

소구가 생각하기에도 어처구니가 없었는지 쉽게 수긍해 버린다.

송현은 그저 잠시 웃었다는 데에 만족했다.

그러다 문득 생각났다.

'어쩌면 맹주님께 여쭤본 일 때문에?'

유건극와 유서린의 사이가 이처럼 멀어지게 된 이유를 물었었다. 그리고 그 이유를 들었다.

간밤에 잠을 이루지 못했던 이유 중 하나도 그것 때문이다.

어쩌면 유서린이 그것을 알고 있을지도 모른다.

그래서 송현에게 화가 난 것인지도 몰랐다.

덜컥 경솔했었다는 생각이 머릿속을 스쳐 지나갔다.

제4장
전쟁과의 대면

천권호무대가 떠난 지 사흘이 되던 날.

무림맹을 찾았던 공주가 마차에 올랐다.

소연공주는 눈길조차 주지 않고 낮게 답했다.

"황조(皇祖)를 뵈어야겠구나."

탁.

마차의 문이 닫혔다.

이윽고 그녀를 실은 마차가 무림맹을 떠나갔다.

네 마리 말이 끄는 마차는 어느덧 저 멀리 먼지 구름을 만
들어내며 멀어져 갔다.

"갔군."

떠나는 공주의 모습을 지켜보는 이가 있었다.

북궁정이다.

외맹과 내맹을 구분하는 정문 앞에 서서 떠나가는 마차를 응시하고 있었다.

내맹과 외맹을 통하는 정문이건만 흔한 문지기 무사조차 없다.

공주가 원했던 일이다.

그리고 그것을 가능케 명령했던 것이 북궁정이다.

"말이 많다고 들었다."

북궁정이 툭 한마디를 내뱉자 그의 뒤에 고개를 숙이고 서 있던 단호영이 읍했다.

"원령들께서도 의견이 분분한 모습입니다."

공주와의 거래.

그 내용은 맹주와의 거래와는 달랐다.

칠가에서는 북벌군을 지원하기 위한 낭인대를 고용할 돈을 지불하기로 했다. 왜군과 싸울 무사대를 파견하기로 약속도 했다.

하지만, 진짜 제안은 따로 있었다.

"언제까지 맹주의 그림자에 가려 있으려는가."

공주가 남기고 간 말.

그 말이 아직도 북궁정의 귓가에 맴돌았다.

소연공주는 칠대세가에서 약속한 낭인대와, 왜군과 싸울 무사대를 받지 않는 대신 새로운 조건을 내걸었었다.

칠가의 사람이 무림맹주가 되는 것.

황실은 거기에 필요한 모든 지원을 아끼지 않을 것이라 약속했다.

칠가를 대표하는 일곱 원령이 함께한 자리에서 내건 제안이었다.

그러니 원령들이 동요하는 것도 당연한 일이다.

더욱이 북궁정의 독단으로 그 제안을 거절하고 난 뒤이니 불만도 많이 쌓였을 것이다.

"멍청한 것들!"

북궁정은 굳은 얼굴로 원령들을 욕했다.

"황실의 도움으로 칠가의 대표 중 한 사람이 맹주가 된다. 하면? 그 뒤에는? 또 맹주가 되지 못한 나머지 칠가는? 어렵게 찾은 무림의 평화는 또 어찌 될지 생각하는 놈이 하나도 없다."

균형은 깨진다.

관과 무림 사이에 존재하던 불가침의 불문율도 함께 깨진다.

황실은 무림맹을 통해 무림에 간섭하려 할 것이다. 이미 한 번 깨진 불문율이니 그다음은 더욱더 쉬울 것은 불 보듯 뻔한 일이다.

거기다 칠가의 대표 중 일인이 무림맹주가 되면, 나머지 여섯 가문이 감당해야 할 박탈감과 분노는 또 어찌할 것인가.

무림맹이 흔들린다.

그러면 언제고 다시 사마의 세력이 득세하고 일어설 것이다.

하지만 황실은 상관없다.

득세하는 세력이 무엇이든 간에, 무림의 일을 통제할 수만 있다면 그것이 사도이든 마도이든 개의치 않으려 할 것이다.

"아무리 진흙탕에 굴러도 정파는 정파다."

그것이 북궁정의 이념이었다.

"……."

단호영은 대답이 없다. 그저 고개를 숙인 채 북궁정의 분노를 담담히 곁에서 지켜볼 뿐이었다.

그런 그에게로 북궁정의 시선이 향했다.

"너도 원령과 다를 바 없구나."

움찔.

자신을 바라보며 평가하는 북궁정의 그 말에 단호영의 어깨가 움찔거렸다.

그 또한 원령들과 같은 생각이었다.

황실의 도움을 얻는다면 훨씬 수월하고 빠르게 맹주가 될 수 있다.

나머진 그다음의 일이다.

쉬운 길을 두고 굳이 어려운 길을 선택하는 북궁정의 생각을 단호영은 이해할 수 없었다. 어쩌면 그 때문에 북궁정은 언제고 이인자의 자리에 머물 수밖에 없는지도 모른다.

북궁정은 단호영의 그런 생각을 꿰뚫어 본 것이다.

북궁정의 시선에 단호영의 이마 위로 식은땀이 흘러내렸다.

하지만 북궁정은 더 이상 이를 탓하지 않고, 시선을 거두었다.

"청령단과 외맹무사 오백을 붙여 주지. 너는 절강으로 간다."

황실의 달콤한 제안을 거절했으니, 이제는 그 책임을 져야 할 때였다.

*   *   *

"아이고! 무사님들! 이 이상은 어려울 것 같습니다. 워낙에 소문이 흉흉한지라……. 죄송합니다."

배를 이끌던 덥수룩한 수염을 한 선장이 포구에까지 따라 내려 연신 허리를 숙였다.

강물을 타고 이동한 배는 결국 처음 목적했던 목적지에 다 닿지 못한 채 멈춰서야 했다.

절강에 들어서면서부터 들려오는 흉흉한 소문 때문이었다.

왜구의 기세가 드높아, 절강의 물길을 마치 제집 앞마당처럼 헤집고 다닌다고 했다.

그러한 상황에서 무리하게 배를 이끌 수는 없는 노릇이다.

"괜찮으니 걱정하지 마시오. 어차피 이 정도까지 온 것만 해도 수고는 던 것이니까."

주찬이 대주인 진우군을 대신해 선장을 안심시켰다.

배 위에서 왜구의 전선을 만나게 되면 곤란해지는 것은 천권호무대 또한 마찬가지다.

그때가 되면 자신들이 탄 배를 지킬 수 있을지 장담할 수가 없다.

고작 여섯이 전부인 그들로서는 물 위에서 왜군을 마주하는 것은 그리 달가운 상황은 아니었으니까.

소문이 들려오면서부터 지금의 상황은 이미 예상하고 있었던 일이었다.

대신 말을 샀다.

전쟁 중이라 말값이 눈에 띄게 뛰어 있었지만, 그것을 신경 쓰는 이는 일행 중 아무도 없었다.

필요한 경비야 무림맹에서 대준다. 무엇보다 한시라도 빨리 절강군에 합류하는 것이 지금으로서 최우선 과제였다.

"출발하지!"

진우군의 명령에 말을 움직였다.

여섯 기의 기마가 내달린다. 선두엔 진우군이, 그의 우측엔 위전보, 좌측을 소구가 맡았다. 주찬이 중심에 서고, 유서린과 송현이 후미를 맡았다.

그렇게 한참 말을 달리고 있을 때.

송현은 옆에서 느껴지는 시선이 고개를 돌려야 했다.

유서린이 송현을 바라보고 있었다.

"말을 탈 줄 아셨나요?"

유서린의 시선에 담긴 감정은 의아함이었다.

"아니요. 이번이 처음이에요."

송현은 웃으며 고개를 저었다.

교방 악사로 지내오면서 말을 탈 기회가 있을 리 없었다. 그것은 악양에서의 생활에서도 마찬가지였다. 악양루와 거처를 오가는 것이 고작이었으니 말을 탈 일도, 필요도 없었던 것이다.

그것은 아마 유서린도 생각하고 있었을 것이다.

솔직히 말하면, 유서린은 말을 타지 못하는 송현이 주찬이나 소구의 뒤에 동승할 것이라 예상하고 있었다.

하지만 그런 예상은 보기 좋게 빗나갔다.

송현은 스스로 말을 타기를 자청했고, 또 함께 말을 달리고 있음에도 크게 이질감을 느끼지 못할 만큼 승마에 능숙한 모습을 보이고 있었다.

"그런 것치고는 제법이시군요?"

그렇기에 더욱 의외였다.

"말 타는 일에도 가락이 있을 것이라 생각했습니다. 말이 달리는 가락을 읽으면 어떻게든 뒤처지지 않고 따라붙을 수는 있을 것이라 생각했어요."

"편하군요. 그 가락을 듣는 능력."

"그런가요? 하지만 아직도 어설퍼요. 차츰 적응해 나가야죠."

송현은 그냥 씩 한 번 미소를 짓고 말았다.

처음 말을 타고 이동한다는 결정이 내려졌을 때 송현은 내심 난감한 마음이었다. 동승을 요청할 수도 있었다. 어쩌면 그것이 차라리 나을지도 모른다는 것도 안다. 하지만, 동승을 하게 될 경우, 적어도 말 한 기는 성인 남성 두 명의 무게를 짊어지고 달려야 할 것이다.

속도를 내기도 어렵고, 오래 달리기도 어렵다.

그렇기에 스스로 말을 타겠다고 했다. 불안한 마음이 없는 것은 아니었으나, 가락을 읽을 수 있으니 어찌어찌 적응할 수 있을 것이란 믿는 구석이 있었다.

믿음은 틀리지 않았다.

어색했지만, 적어도 달리는 말 위에서 떨어지지 않을 정도는 된다.

시시각각으로 변화하는 말의 가락을 읽고, 그 가락에 자신의 가락을 맞추어 간다.

아직은 불협화음이다.

불협화음에 억지로 자신의 가락을 맞추다 보니 몸이 불편해진다.

하지만, 그것도 곧 괜찮아질 것이라 믿었다.

'앞으로도 자주 말을 타야 할 거야.'

적어도 이번 임무가 끝나는 동안은 말을 타는 일이 잦아질 것이다.

당장의 불편함과 어려움은 이겨내야 했다.

관건은 최대한 빨리 말의 가락에 적응하는 일이다.

생각을 정리한 송현은 힐끗 유서린을 보았다.

유서린은 시선을 전방으로 고정한 채로 말을 달리고 있었다.

'먼저 말하고 사과해야 할까?'

유서린의 의사와 상관없이, 그녀와 유건극 사이에 있었던 일을 물었던 것이 내심 마음에 걸린다.

어쩌면 그녀가 이미 그것을 알고 있을 것이라 생각하니 더욱 그렇다.

그러나 이내 고개를 저었다.

'아니, 아직 아니야.'

송현의 성격상 자신의 잘못을 알았으면 먼저 사과하는 것이 옳다.

하지만, 송현의 짐작과 달리 유서린이 그것을 모른다면. 그리고 그것을 송현에 의해 알게 된다면.

전쟁을 지원하는 임무에 들어선 지금, 오히려 방해만 될 것이다.

마음이 복잡해졌다.

그 복잡한 심정을 애써 감추며 말을 달렸다.

그렇게 얼마나 말을 달렸을까.

전쟁의 흔적이 하나둘 눈에 보이기 시작했다.

강가에 위치한 마을에 불탄 흔적이 여기저기 보였다. 송현의 눈에 보이는 슬픔의 선들이 하나둘 늘어나고 있었다.

비통하고 처연한 분위기가 점점 더 짙어지고, 울음소리와 절규가 들려오기 시작했다.

어느덧 전쟁의 중심으로 성큼 다가서고 있었다.

*   *   *

전쟁의 중심으로 다가갈수록, 전쟁의 흔적은 여실히 드러나기 시작했다.

포격에 무너진 담벼락 위로 까만 까마귀가 내려앉아 고개를 돌린다.

까마귀가 내려앉은 담벼락 아래에는 시체가 쌓여 있었다.

이미 다른 까마귀들은 시쳇더미 위로 내려앉아 전쟁이 남기고 간 흔적을 가지고 잔치를 벌이고 있었다.

갓난아기를 품에 끌어안고 죽은 아낙의 살점을 뜯고, 어설픈 반항이라도 했던 것인지 곡괭이를 손에 놓지 못한 채 죽어버린 늙은 촌부의 부릅뜬 눈을 쪼아댔다.

조그마한 강가의 시골 어촌을 휩쓸고 간 전쟁의 흔적은 참혹했다.

작년 이맘때쯤이면 심은 농작물이 푸름을 발해야 하건만, 논밭은 잿빛으로 물든 채 죽어 있었다.

"……"

천권호무대는 달리던 말을 멈춘 채 그 모습을 가만히 내려다보았다.

누구도 입을 열지 않는다.

참혹한 광경에 마음이 무거워졌다.

그것은 송현도 마찬가지다. 아니, 송현은 더욱 심했다.

송현의 눈빛이 슬퍼졌다.

'대체 얼마나 많은……'

슬픔의 선들이 보인다. 어지럽게 엉킨 선들은 참혹한 현장을 바로 볼 수 없을 정도로 빼곡하게 마을을 뒤덮고 있었다.

얼마나 참혹하고, 얼마나 괴로웠을까.

감히 상상조차 가지 않는다.

송현은 눈을 질끈 감았다.

"가지."

그런 송현의 귓가로 진우군의 목소리가 들려왔다.

'가자!'

송현은 애써 마음을 다잡았다.

이제 겨우 전쟁의 중심에 잠시 한 발을 내디뎠을 뿐이다. 전쟁은 아직 끝나지 않았다. 지금 이 순간도 죄 없는 누군가가 죽어가고 있을 것이다.

그것을 막기 위해서라도 나아가야 했다.

*　　　*　　　*

멀리 포성이 들려왔다.

그리고 저 멀리 패잔병이나 다름없는 행색으로 도망치는 절강군의 모습이 보였다.

상처를 돌볼 틈도 없었는지 그들의 몸엔 여기저기 도검에 베어진 상처가 그대로 방치되고 있었다. 개중엔 무기조차 들고 있지 않은 이들도 있었다.

"주찬!"

진우군이 주찬의 이름을 불렀다.

그것은 다른 의미의 명령이다. 오랫동안 진우군의 밑에서 활동해 온 주찬이니만큼 그 명령의 의미를 모를 리 없었다.

"멈추시오!"

주찬이 선두에 서서 말을 끌고 달려나갔다. 그리고 후퇴하는 절강군의 앞을 가로막았다.

"웬 놈이냐! 네놈들도 왜적인 것이냐?"

개중에 지휘관으로 보이는 장수 하나가 앞장서 주찬을 향해 경계심을 드러냈다.

자라 보고 놀란 가슴 솥뚜껑 보고 놀란다 했다.

고작 여섯이 전부인 천권호무대를 보고도 장수는 이들이 왜구가 아닌지 의심부터 하고 있었다.

"천권호무대요. 절강군을 지원하라는 맹주님의 명으로 무림맹에서 왔소. 저 뒤에 계신 분이 천권호무대주시오."

"무, 무림맹? 무인들이 왜?"

"황명이오."

"……."

한낱 낭인도 아닌, 대형문파의 무림인들이 전쟁에 참전하는 경우는 흔치 않다. 더욱이 무림맹이라면 현 무림에서 가장 큰 무림 세력이다.

그러니 쉬 믿기 어려운 것도 사실이다.

하지만, 그 믿기 어려운 현실 또한 황명이란 말에 수긍했다.

아무리 무림맹이라도 황명을 거역하기는 어려웠을 것이다.

장수의 얼굴에 화색이 돌았다.

"잘되었습니다. 나머지 일행은 어디에 있습니까? 아니, 그보다 숫자는 얼마나 됩니까? 시간이 없습니다. 빨리 나머지 일행도……."

"당장은 저희가 전부요. 나머진 군사부에서 절강 무림을 설득하기로 했으니 며칠 시일이 필요하오."

"이런!"

얼굴에 화색이 돌던 장수의 얼굴이 흉하게 일그러졌다.

크게 낙담한 기색이 역력히 드러나는 모습이었다.

"무슨 일이시오?"

그 모습에 심상치 않은 기색을 느꼈는지 주찬이 질문했다.

장수는 크게 한숨을 내쉬며 답했다.

"여기서 반 다경 정도 되는 거리에 마을이 있소. 왜구의 상륙을 막기 위해 출정하였으나, 기세를 이기지 못하고 후퇴하고 있소만……."

"아직 뒤에 남은 병사가 있단 말이오?"

"그렇습니다."

"얼마요? 뒤에 남은 병사들 숫자는? 지휘하는 장수는 또 누구고?"

"병사들의 숫자는 대략 오십. 남아 왜구의 추격을 저지하는 장수는……."

"시간이 없소. 빨리 말하시오."

주찬의 채근에 장수는 눈을 질끈 감았다.

"주군균 지휘첨사님이십니다."

지금 왜구를 상대하는 모든 절강군을 지휘해야 할 사람의 이름이 그의 입에서 흘러나왔다.

모든 것이 이해되었다.

그렇기에 그가 조급해했고, 낙담했다. 뒤에 남은 장수의 이름을 밝히기 망설여 했고, 또 그래서 질끈 눈을 감아야만 했다.

"…염병!"

주찬의 입에서 욕설이 나왔다.

그의 표정은 무섭게 굳어 있었다.

하지만, 그 표정을 미처 확인할 겨를도 없었다.

"주, 주 형!"

"주찬!"

갑자기 주찬이 말을 내달린다.

무어라 의견을 교환하고 작전을 짤 틈도 없이 벌어진 일이다.

창졸지간에 일어난 일에 송현과 천권호무대는 그저 그의 이름을 부르는 것이 당장 할 수 있는 전부였다.

하지만 주찬은 그마저 대답할 여유가 없었다.

송현의 표정도 굳어졌다.

"저도 뒤따라가겠습니다!"

송현이 말을 달렸다. 주찬의 뒤를 쫓는다. 갑작스런 주찬의 돌발 행동. 주찬이 위험할지도 모른다.

"송 악사님!"

유서린이 송현의 이름을 불렀지만, 주찬이 앞서 달려간 이상 송현이 말을 멈출 리 만무했다.

"대주!"

"우어!"

남은 세 사람의 시선이 천권호무대주 진우군을 향한다.

빨리 명령을 내려달라는 의지가 그들의 눈빛에 가득 담겨져 있었다.

진우군은 입술을 깨물었다.

현 상황에서 가장 중요한 것은 그의 명령이다. 또한, 그의 명령 한마디에 천권호무대의 안위가 결정 난다.

진우군의 입이 무겁게 열렸다.

"뒤따른다. 전선에 돌입하는 즉시 나와 소구가 길을 연다. 부대주가 소구를 지원하라. 빙백봉은 지휘첨사의 안전을 확보하는 한편, 먼저 출발한 두 대원의 복귀명령을 전하라!"

"예!"

일사불란하게 내려진 명령에, 그보다 간결한 대답이 울려 퍼졌다.

네 개의 기마가 대지를 달렸다.

상황은 최악이었다.

왜구의 숫자는 대략 백을 웃돈다. 그에 반해 남아서 왜구를 막아선 절강군의 병력은 고작 오십에 불과하다. 아니, 난전에 접어든 지금 이 순간에도 빠르게 그 숫자는 줄어들고 있었다.

이제는 왜구의 상륙을 저지하고 약탈을 막아야 한다는 초기의 목적은 더는 필요 없는 것이 되어버렸다.

새로이 생겨난 목표는 둘.

먼저 후퇴한 병력을 위해 왜구의 공세를 저지한다.

그리고.

살아남는다.

그렇기에 더욱 악에 받쳐 싸웠다.

하지만, 그 절박한 마음만으로는 승산이 없었다. 적의 숫자는 많고, 개개인의 무위는 감히 일개 병사의 수준을 한참 웃돈다.

장수들조차 방심하는 순간 일개 병사의 칼질 한 번을 막지 못하고 목을 내놓아야 할지도 모를 수준이다.

전혀 살아날 구멍이 보이지 않는다.

"도망치십시오! 지휘첨사님!"

늙은 병사 하나가 지휘첨사에게 후퇴할 것을 종용했다.

오랜 기간 그의 군에 편성되어 있었던 노병이었던 만큼, 지금 상황에서 가장 중요한 것이 무엇인지 누구보다 잘 알고 있었다.

현재 절강군을 총지휘하는 사람은 지휘첨사다.

지휘첨사가 죽게 되면 군의 운영에 큰 공백이 생긴다. 그 큰 공백을 다시 채우는 데 시간이 소요될 것이고, 그사이 병사들의 사기는 바닥을 친다.

그렇게 되면 결국 이 자리에 죽어서도 절강을 지키지는 못한다.

그것을 알기에 한 말이다.

"본 장은 마지막까지 남을 것이다. 황상의 병사들을 두고 내가 어찌 떠난단 말이더냐!"

귀밑이 하얀 장수의 목소리에 단호함이 깃든다.

"지휘첨사님!"

그가 바로 지휘첨사 주군균이다.

왜구와의 첫 전투에서 도지휘사는 전사했다. 그와 함께 전쟁에 참전했던 대부분의 장수들 또한 몰살을 당했다.

살아남은 이들 중 가장 높은 직위를 갖춘 자는 지휘첨사 주군균이 유일하다.

우습게도 그가 살아남을 수 있었던 것은 평소 입바른 소리 절대 하지 않는 강직한 그의 성격 탓이었다.

때문에 도지휘사의 눈 밖에 났다.

처음 왜구를 상대하는 일을 우습게 여겼던 도지휘사이니만큼, 처음부터 공적을 세울 기회조차 주지 않기 위해 그를 전투에 참전시키지조차 않은 것이다.

이유가 어찌 되었든 그는, 지금 절강군을 총괄하는 총지휘관이다.

노병은 물러서려 하지 않는 지휘첨사의 모습에 답답한 가슴을 두드렸다.

그때였다.

내내 입을 꾹 다문 채 고집을 부리던 지휘첨사의 눈빛이 일변했다.

"위험!"

"키야아아악!"

노병의 텅 빈 등을 노리고 왜구 하나가 달려든다.

기괴한 기합만큼이나, 기이하리만큼 긴 장도를 내려치는 모습에 살기가 그득하다.

"흡!"

순간 지휘첨사의 입에서 삼킨 기합이 흘러나왔다.

동시에 어깨의 근육이 한껏 부풀어 오르고, 그의 검갑에 잠들어 있던 검이 은빛 검광을 만들어냈다.

콰직!

지휘첨사의 검이 왜적의 갈비뼈를 부수며 틀어박혔다.

벤다기보단 으스러뜨린다는 말이 더 어울릴 만큼 파괴적인 검격이다.

"웬 놈이냐!"

지휘첨사가 돌연 고개를 돌리며 소리쳤다.

쓰러진 왜적의 이마에 깊게 박힌 단도 때문이다.

그것은 지휘첨사의 것이 아니다. 아니, 절강군 누구도 단도를 이렇게 던질 줄 아는 이는 없다.

지휘첨사 주군균의 외침에 대답이 돌아왔다.

"염병, 도와줬으면 고맙다 한마디라도 할 것이지!"

병사들 사이로 모습을 드러내는 이는 주찬이었다.

주찬은 지휘첨사를 뚜벅뚜벅 지나쳐 왜구의 이마에 박힌 검을 뽑아 챙겼다.

"황명을 받들고 무림맹에서 지원 나왔소. 살고 싶으면 도망치든지 아니면, 헛소리 집어치우고 싸우든지 알아서 하시우."

"…네놈!"

건방진 말이었다.

그 말에 지휘첨사의 얼굴이 무섭게 일그러진다.

그때였다.

"모두 물러서세요!"

또 다른 목소리가 울려 퍼졌다.

주찬의 목소리는 아니다.

오히려 주찬도 의외였는지 고개를 돌려 지휘첨사의 뒤를 바라보았다.

"이건 뭐……!"

주찬의 입에서 질린 소리가 흘러나왔다.

검이 떠오른다.

하나가 아니다. 족히 수십이다. 그 수많은 검이 저절로 떠올라 하늘로 향한다.

"……."

그 모습에 생사를 걸고 싸우던 병사들의 치열한 움직임이 멈췄다.

입을 벌리고, 눈은 그저 하늘 높이 오르는 수십 개의 검끝을 좇는다.

그것은 왜구들 또한 마찬가지다.

그리고.

투툭!

저 위에서 무슨 소리가 들리는 것 같았다.

하늘로 향했던 검신이 다시 땅을 향해 반전한다.

쒜에에엑!

그리고 쏟아졌다.

쏟아지는 검의 은빛 빛줄기는 주찬의 머리 위를 지나 한참이나 뒤로 떨어져 내렸다.

콰콰가각!

검이 땅에 속에 박힌다.

북으로 두드린 듯 대지가 요동치며 괴성을 내질러 댔다. 그 속에 담긴 힘이 어느 정도인지 감히 짐작하기도 어려울 지경이다.

쿵!

그리고 커다란 소리와 함께 누군가 떨어졌다.

그가 떨어진 자리로 뿌연 먼지 구름이 일어나 주위로 퍼져 갔다.

"……."

적아가 어지럽게 얽혀 있는 전장터에 일순 침묵이 감돌았다.

눈으로 보고도 믿을 수 없는 광경이 눈앞에 펼쳐졌으니, 그 충격이 결코 작지 않은 탓이리라.

"송 악사……!"

그 속에서 주찬만이 나직이 송현의 이름을 불렀다.

먼지 구름 사이로 붉게 타오르는 불꽃.

그 붉은 불꽃 속에 숨겨진 두 개의 푸른 귀화.

주찬이 아는 한 이 같은 신위를 발휘 할 수 있는 사람은 송현이 유일했다.

그리고 그것은 틀리지 않았다.

분노의 가락을 불러와, 붉은 불꽃에 휩싸인 송현이 검을 뽑아 들고 주위를 훑는다.

그리고 다시 한 번 읊조렸다.

그 작은 소리가 전장의 구석구석에 또렷이 전해졌다.

"물러서십시오."

물러서라 말했다.

중원의 말을 알지 못할 왜구의 병사들도 그 뜻은 알았는지 주춤주춤 발을 물린다.

하지만 그뿐이다.

본능적인 위협에 발을 물리고도, 끝내 등을 보이고 후퇴하지 않는다.

오히려 흘깃거리는 시선은 모두 한곳으로 향하고 있었다.

시선이 모이는 곳은 강가에 정박한 커다란 전함이었다.

송현의 시선이 그들의 시선을 좇는다.

'누구지?'

순간 의문이 들었다.

전선의 선수 꼭대기에 누군가 서 있다.

장도를 뽑아 든 그는 정확히 송현을 바라보고 있었다. 방금 송현이 보인 신위를 보았음에도 송현을 바라보는 그의 시선은 무심만이 가득했다.

그렇게 두 사람은 말없이 서로를 응시했다.

둥! 둥! 둥!

그가 버티고 선 전선에서부터 북소리가 울려 퍼졌다.

슬금슬금.

눈치만 보던 왜구들이 그제야 조심스럽게 뒤로 물러선다. 가뜩 경계를 곤두세운 모습은, 절강군이 조금이라도 공격할 의사를 보이면 다시금 달려들 듯했다.

하지만, 그런 일은 없었다.

이미 패색이 짙었던 상황이었다. 난전으로 돌입하면서 흩어진 병력과 부상자. 사상자를 수습하는 것이 더 중요한 일이었다.

획.

왜군의 병사들이 모두 전선으로 돌아가고, 그제야 전선 위에 섰던 그도 몸을 돌린다.

태연한 걸음걸이.

송현이 보인 신위 따위는 아무렇지 않게 여기는 듯 그의 몸동작에는 망설임이 깃들지 않았다.

"…일단은 고맙소이다."

주군균이 송현에게 다가와 감사한 마음을 표현했다.

패색이 짙어진 전투에 죽음마저도 각오했던 상황이다. 몰락을 향해 치달아가던 상황을 멈춰 세운 것이 송현이다.

고맙지 않을 리가 없다.

그러나 송현은 좀처럼 멀어져 가는 왜구의 전함을 향한 시선을 거두지 못했다.

"누구죠?"

문득 송현이 물었다.

무엇에 대해 묻는 것인지 짐작했는지 주군균의 시선도 멀리 멀어져 가는 전선을 향했다.

"나가토. 저들 사이에선 그렇게 무르는 것 같소이다. 도지휘사도, 절강의 장수 중 대부분이 저자의 손에 죽었소. 적이지만······. 무서운 자요."

"그렇군요."

주군균의 설명에 송현이 고개를 끄덕였다.

뜨겁게 타올랐던 불길은 사라졌다. 광릉산의 분노의 가락
도 잠재웠다.

하지만.

꽈악!

송현은 손을 쥐었다 폈다.

손안에 식은땀이 흥건하다.

우습게도 그와 시선을 마주한 순간 전신에 차가운 얼음물
을 끼얹은 듯한 느낌을 받아야만 했다.

무서운 자다.

어쩌면 천권호무대의 진우균보다 더.

*　　　*　　　*

강물과 바닷물이 만나며 소용돌이를 만들어냈다.

민물고기와 해수어가 한자리에 뒤섞이는 자리다. 어찌 보
면 명당이다. 하지만, 그물이라면 모를까 낚시를 통해 물고기
를 낚으려는 자는 그리 많지 않았다.

소용돌이치는 물길에 드리워진 낚싯줄이라고 멀쩡할 리 없
다. 튀어나온 돌부리에 걸리고, 휘몰아치는 물길에 휩쓸린다.

고기를 잡기보단 멀쩡한 낚싯대만 버리기 딱 좋은 자리였다.

그 자리에 적포를 입은 노인이 서 있었다.

선풍도골의 모습이다. 얼굴엔 여유가 가득하고, 그 여유는 낚시를 하는 모습에서도 선명하게 드러난다.

모르는 사람이 보았다면 시골의 인심 좋은 촌노라 보아도 좋을 모습이었다.

그러나 그런 좋은 인상과 다르게 낚싯대를 드리운 노인의 한가한 모습은 묘한 괴리감을 조성하고 있었다.

휘몰아치는 물길의 소용돌이 속에 낚싯줄은 이미 어지럽게 꼬여 있었다.

그럼에도 노인은 전혀 신경 쓰는 모습이 아니다.

"다녀왔나 보구만."

불쑥 노인이 입을 열었다.

"다녀왔다."

그런 노인의 목소리에 대답이 돌아왔다.

무겁고 차갑다. 목소리에마저도 고집이 단단히 얽혀 있는 어조다.

"보았는가?"

"이상한 힘을 쓰더다."

"이상한 힘을 썼었습니다. 라고 하는 걸세."

"미안하다."

노인이 고집 섞인 목소리의 주인이 틀린 어법을 존대로 정정해 준다.

하지만, 돌아오는 대답은 역시나 반말이다.

노인이 허허로운 웃음을 짓는다.

"이거야 원. 중원어를 대충 가르쳐 놨더니, 들을 때마다 거슬리는구만그래. 웃차!"

노인이 일어섰다.

앓는 소리를 내며 일어서는 모습은 영락없는 시골의 촌부와 다를 바가 없다.

하지만, 막상 일어서고 나니 그 키가 상당하다.

허리는 꼿꼿하고, 몸은 흔들림이 없다.

"낚시도 못하겠구만. 죽조가 하는 걸 보면 그리 어려워 보이지는 않았는데 말이야. 그래, 직접 보니 어떻던가?"

미련 없이 낚싯대를 던져 버린 노인이 몸을 돌렸다.

그런 노인의 앞에 사내가 서 있었다.

허리엔 길이가 다른 도 두 개를 차고 있는 사내다. 하나는 기형적이리만큼 길고, 하나는 팔꿈치 길이에 겨우 닿을 만큼 어중간한 길이의 도다.

그는 송현이 보았던 자다.

현재 절강을 어지럽히는 왜구의 병사들을 총지휘하고 있는 나가토 히도요모.

그것이 그의 이름이었다.

노인의 물음에 나가토의 눈빛이 번뜩였다.

"송현도 봤다. 특히 재미있다."

"풍류선인? 하긴, 지금 맹주가 내놓을 수 있는 패는 그것이
전부니까. 중원 무림에서도 그 아이는 제법 재밌는 아이로 유
명하지. 그들이 도착했으니 곧 절강 무림이 움직일 게야."

"상관없다. 쇼군의 병사다. 우린 강하다. 승기 우리에게 있
다."

나가토는 자신의 자신감을 드러내는 데 있어 숨김이 없었
다.

이미 승기를 가지고 온 지 오래다.

잡졸로 이루어진 해적 따위가 아닌, 체계적인 명령과 지휘
아래 움직이는 군대다.

승기를 가져온 이상 무너질 이유가 없다.

적어도 나가토의 병력에는 그렇게 나약한 이들은 없었다.

"무림인이란 것을 보지 않았는가. 괜한 적을 만들 필요는
없지. 무림은 나중일세. 일단은 절강을 접수하고, 그다음이
무림이야."

"덤벼드는 건 저들이다."

"그러지. 저들이지. 그럼 어쩔 수 없을 게야. 그땐 싸워야
지. 하지만 쉽지는 않을 걸세. 맹의 예상과 달리 절강 무림은
쉬 움직이려 하지 않을 테니까. 우리가 그리 만들지 않았나."

"번거롭다. 무림인."

"약속은 약속이야. 지켜야지. 그래야 자네들의 쇼군? 그래. 쇼군. 자네들의 쇼군이 원하는 물건을 얻어 갈 수 있는 것이 아닌가."

"…알겠다."

나가토가 노인을 노려보며 고개를 끄덕였다.

약속이 있고, 앞으로 받아야 할 것이 있는 이상 어쩔 수 없는 일이다.

"당분간은 지금처럼만 하게. 무림은 자극하지 말고. 그 사이 최대한 절강을 집어삼키는 걸세. 그때가 되면 무림이 팔을 걷고 나선다 해도 대세에는 지장이 없을 거야."

"알겠다. 질문 있다."

"해보시게."

"천권호무대. 언제 죽이지?"

나가토가 눈을 빛낸다.

빛나는 눈동자 속에 숨겨진 살기가 은연중에 번뜩였다.

노인은 웃었다.

"흐흐흐! 죽인다라. 자신은 있나 보군그래?"

"나는 쇼군의 검. 나가토 히도요모다."

"그렇지. 내 잊고 있었구만. 언제든 상관없네. 불길에 뛰어든 부나방까지 애써 무시할 이유는 없지 않은가."

언제든 상관없다.

나가토의 귀에는 그 말만 들리는 듯했다.

"좋군!"

호승심에 불타는 모습.

노인은 그런 나가토를 은근한 눈빛으로 바라봤다.

"그래서? 지금 당장 죽일 겐가?"

"아니다."

"호! 그럼 언제가 될 것 같은가?"

노인이 눈을 반짝인다.

노인의 물음에 나가토는 그 물음에 히쭉 웃음을 지었다.

"전쟁이 끝날 때."

두 사람의 대화가 끝났다.

제5장

전쟁을 연주하다

왜군이 물러났다.

절강군을 지휘하는 지휘첨사 주군균과 천권호무대주 진우군이 마주한 것은 그로부터 잠시 뒤의 일이었다.

진우군이 도착했을 때.

전장은 이미 정리하는 분위기로 돌아가고 있었다.

"천권호무대주 진우군입니다."

진우군은 스스로 먼저 주군균에게 다가가 인사를 건넸다.

"지휘첨사 주군균이외다. 현재는 사정상 절강군을 이끌고 있소이다."

주군균이 마주 고개를 숙이자, 진우군은 곧장 본론을 꺼냈다.

"맹주님의 명을 받고 절강군을 지원하기 위해 왔습니다."

단도직입적인 말투는 다분히 진우군스러운 모습이었다.

잠시 진우군을 보던 주군균이 웃었다.

"자네들만으로 말이오?"

"아닙니다. 곧 군사부에서 절강 무림의 협조를 이끌어 낼 것입니다. 저희는 선발대로 보시면 됩니다."

"절강 무림이라…….."

잠시 말끝을 흐린 주군균의 얼굴에 깊은 수심이 어렸다.

그러다 이내 고개를 내젓는다.

"고맙지만 사양하겠소. 방금 도움은 어쩔 수 없었으나, 그 이상은 거절하는 바이오."

어려운 상황이다.

절강군은 왜군을 몰아내기는커녕, 오히려 왜군의 공세를 막아내는 데에만 급급하기만 했다.

절강군에 합류하기 위해 이동하는 동안 들려온 정보는 분명 그러했다. 그리고 현장에 도착해 확인한 분위기도 그와 크게 다를 바가 없다.

솔직히 말하자면 주군균의 거절은 의외였다.

"이유는 무엇입니까?"

"황상께서 내린 명 때문이라 들었소이다. 하나, 본인은 군관이오. 또한, 국가를 지키는 것은 군이지, 양민이 아니오. 내

눈에 무림인은 그런 양민과 다를 바 없는 사람들이외다. 아니, 조금 더 솔직해지겠소. 내 눈에 비친 무림인은 그저 칼이나 차고 돌아다니며 황법을 어지럽히는 무뢰배들이나 다를 것이 없소이다."

"……."

파격적인 언사다.

먼저 도움을 청해도 부족할 판에, 주군균은 오히려 무림인들을 법을 어기는 범법자들과 다를 바 없이 보고 있다고 이야기했다.

달리 말하자면, 그는 눈앞의 천권호무대 또한 범법자들로 본다는 이야기이기도 했다.

진우군은 한동안 입을 꾹 다물었다.

겉으로 드러내지 않았지만, 눈앞에서 이런 모욕을 당하고도 기분이 아무렇지 않다면 그것은 거짓말이리라.

"꼰대 하여간 말하는 모양새 하고는!"

그때 누군가 불쑥 입을 열었다.

한발 물러서 삐딱한 자세로 상황을 지켜보던 주찬이었다.

"이놈! 감히 지휘첨사께 무슨 망발이냐!"

그런 주찬의 과격한 언사에 발끈한 장수 하나가 목소리를 높였다.

당장에라도 주찬과 한바탕 드잡이를 벌일 기세다.

하지만 주찬은 오히려 피식 웃을 뿐이었다.

"왜? 이러나저러나 범법잔데 못할 말이 뭐 있소?"

오히려 지휘첨사 주군균의 언사를 떠올리게 하는 말로 상황을 비꼰다.

그리고는 고개를 돌려 주군균을 바라봤다.

"안 그렇습니까? 주군균 지휘첨사 나으리?"

다분히 시비조다.

얼마나 속이 꼬였는지 주찬의 언행은 도를 넘고 있었다.

그러나 그뿐이다.

주군균은 그저 눈썹만 한번 꿈틀거리고 말 뿐이다.

"돌아가십시오. 본영으로 회군한다!"

그리고는 망설임없이 발길을 돌린다.

절강군은 주군균의 명령에 토 한 번 달지 않고 말없이 본영으로 발길을 돌렸다.

"하여간 이 꼴 볼까 오기 싫었던 건데!"

주찬은 돌아서는 절강군의 뒤통수를 보다 삐죽 불만을 내놓았다.

진우군은 그런 주찬을 가만히 바라봤다.

그리고 입을 열었다.

"주찬, 설명하라!"

"무얼 말입니까?"

"네 행동. 평소답지 않다."

"저 꼰대 말하는 꼬라지가 싫어서 그랬습니다. 달리 이유가……."

"주찬!"

거듭 호명되는 이름.

진우군의 무거운 시선이 주찬을 압박했다.

"염병!"

주찬의 입에서 욕설이 튀어나왔다.

그리고는 풀썩 자리에 주저앉는다.

"실은 저 꼰대가 우리 아버지란 인간입니다."

*　　　*　　　*

해가 서쪽으로 넘어간다.

아무리 주색을 즐긴다지만, 임무 중엔 되도록 술을 피하던
주찬이었다.

하지만, 그런 주찬이 술을 마신다.

그런 주찬을 제지하는 사람은 아무도 없다.

심지어 진우군조차도 그런 주찬을 물끄러미 바라볼 뿐이
다.

"젊었을 적에 군관으로 북벌군에 참여했다 들었습니다. 그
뒤로 이곳저곳을 돌며 군관으로 생활했지. 절강에 오기 전엔
호북에서 군관을 지냈었고. 지금은 보시다시피 여기서 지휘
첨사로 지내고 있고. 뭐, 그 나이 먹도록 고작 지휘첨사까지

해먹었으면 적당히 유능하고, 적당히 무능한 정도라 보시면 됩니다."

지휘첨사 주군균은 주찬의 아비다.

하나, 제 아버지를 이야기하는 주찬의 표정엔 싫은 티가 역력했다.

"벽창호요. 말을 해도 들어 처먹히지가 않는 사람이란 말이오. 군인은 어떻고, 어떻게 해야 하고. 완전 제 세상에 갇혀 사는 사람이지. 그 때문에 자식새끼까지 잃었으면 좀 고쳐질 만하건만! 하여간 내 그 꼴 보기 싫어서 나온 건데…… 여기서 이리 엮일 줄 누가 알았겠소!"

벌컥벌컥 술병을 들이켠다.

다시 생각해도 열이 나는 모양이다.

"어쨌든 간에 돌아가십시다. 저 인간 고집부리면 뭔 말을 해도 안 통하니."

주찬이 자리를 털고 일어났다.

어차피 엮이기 싫었던 주찬이다. 그 때문에 떠나기 전날까지 술을 마시고 취하려 했던 것이다.

어쩌면 차라리 잘되었다고 생각하고 있는지도 모른다.

고집을 부리기 시작한 주군균을 설득할 방법은 없으니까.

"주찬."

그런 주찬을 붙잡은 것은 진우군의 목소리였다.

"오늘 자주 부르십니다."

골이 난 주찬의 목소리는 베베 꼬여 있었다.

하지만 진우군은 아랑곳하지 않았다.

"설득하라."

우뚝.

그 한 마디에 주찬의 움직임이 굳었다.

"진심이십니까?"

"임무다. 개인적인 사감은 배제한다. 맹주께서는 절강군을 지원하라 했고, 그러자면 그를 설득해야 한다."

바늘로 찔러도 들어갈 틈 하나 없이 그의 어조는 단단했다.

"…염병! 대주께서 하십시오. 나는 못하겠으니!"

*   *   *

밤이 되었다.

절강군의 본영은 밤이 되어도 횃불로 불을 밝힌 채 경계를 늦추고 있었다.

그 본영 중심에 주찬이 있었다.

진우군의 명령을 끝내 거절할 수 없었던 탓이다.

"기껏 무뢰배나 되려 나간 것이냐?"

주찬을 바라보던 주군균이 못마땅하다는 듯 입을 열었다.

주찬도 지지 않았다.

"그러는 아버지는 나이도 그쯤 드셨으면 좀 쉬시지 무슨 영광을 보겠다고 아직도 이 짓하고 계십니까?"

"이놈! 못 본 새 버릇만 더 없어졌구나."

"이놈 저놈 하지 마십시오. 저도 이제 나이 먹을 만큼 먹은 성인입니다."

"성인은 성인다워야 하는 법이다."

"아버지도 아버지다워야 하는 법이죠."

말 한마디 지는 법이 없다.

결국, 주군균은 눈살을 찌푸리며 고개를 돌려 버렸다.

괜히 말을 섞어 보았자 마음만 상한다는 것을 잘 알고 있었던 것이다.

"무슨 일로 왔느냐?"

"쓸데없는 고집 좀 그만 부리라고 하러 왔습니다."

"고집이라니? 황제폐하의 녹을 먹고 사는 군인으로서 당연한 행동이다."

"그래서 이 꼬라지 아닙니까! 도지휘사인지 뭔지 하는 인간은 그 많은 절강 병력 해전 한 방으로 날려 먹고, 그나마 남은 병력으로는 방어도 급급해…… 아니, 후퇴하기 바빠 무엇하나 지키질 못하고 있지 않으냐는 말입니다!"

"왜구의 전력이 예상을 웃돌았을 뿐이다. 왜구가 화포만 지니지 않았다면……. 곧 폐하께서 원군을 지원해 주실 것이다."

괜한 변명을 하고 있다 생각했는지, 주군균은 말을 돌렸다.

"없습니다. 아버지가 좋아하는 그 잘나신 황제폐하께서는 북벌 준비로 바쁘시답니다. 그러니 공주까지 시켜 무림맹에 와서 뗑깡을 부렸겠지."

"이놈! 감히 황제폐하께 그 무슨 망발이냐!"

"북벌군 편성 문제로 지원군이 없다는 건 사실입니다. 아니, 있어도 지원군은 없습니다. 왜구 놈들이 어떻게 화포를 쓰고 있는지 아십니까? 그것도 절강군에 배치된 것과 똑같은 화포를?"

도지휘사는 단 한 번의 해전으로 왜구를 토벌하려 했다.

하지만, 결과는 참패.

가장 결정적인 이유는 왜구가 가진 화포 때문이었다. 노략질이나 해먹는 해적에 불과하다 판단했던 왜군이 화포를 사용할 것이라고는 누구도 예상하지 못했었던 일이었다.

"도지휘사의 사치야 절강 내에서 모르는 사람이 없었습니다. 그럼 그 사치스러운 생활을 어떻게 유지할 수 있었을까? 생각해 보신 적이나 있으십니까?"

"도지휘사가 내통했다는 말입니까?"

"수적을 통해 군에 배치된 화포를 팔았을 겁니다. 그 화포가 수적에게서 다시 왜구들에게로 넘어갔을 것이고."

"가정일 뿐이지 않으냐!"

"흑상에 유입된 소금의 양이 늘었다는 소식이 있습니다. 매년 고만고만한 소금의 양이 왜 늘었겠습니까? 하늘에서 소

금 비라도 내렸답디까? 그리고, 수적들은 무얼 받고 화포를 빼돌렸겠습니까?'

정황이 정확하게 들어맞는다.

도지휘사가 평소에도 절강에 주둔한 수적들의 상납금을 받아 챙기고 있다는 사실은 공공연한 비밀이었다. 웃돈이야 더 준다면 화포를 팔아넘기는 것도 아주 불가능은 아니다.

수적들은 그 화포를 다시 왜군에 넘겼을 것이다. 왜군은 그 대가로 소금을 지급했다면 흑상에 풀린 대량의 소금의 출처도 충분히 이해가 되는 일이었다.

"나는… 아니, 절강군은 모르는 일이다."

전사한 도지휘사의 평소 행실을 알고 있는 주군균은 할 말이 궁할 수밖에 없었다.

"아버지야 몰랐겠지요. 그 꽉 막힌 성격에 수적과 작당 모의할 일이야 없었을 테니까. 하지만, 아버지가 좋아하시는 윗분이 보시기에는 그놈이 그놈일 뿐입니다. 잘됐죠. 왜적들이 절강군 다 털어먹으면, 그때 토벌하면 그만이니까. 손 안 대고 절강군을 정리하기에 그만한 조건이 어디 있겠습니까."

군은 거대한 무력 집단이다.

유착하기 시작한 군벌만큼 골치 아픈 존재는 없다.

군벌은 정치적으로도 두려운 존재일 수밖에 없다. 특히나 높은 자리에 앉아 세상을 움직이는 황제의 입장에서는 그리 달가운 존재가 아니다.

부패가 발견된 이상 황제로서는 꺼림칙할 수밖에 없다. 반발 없이 절강군을 정리하는 데에는 지금의 상황만큼 좋은 상황도 찾아보기 어려웠다.

"이제 좀 상황이 보이십니까? 다 죽이시게요?"

"황상께서……. 그럴 리 없다! 나는 군관이다. 군관은 무슨 일이 있어도 국가와 폐하에 대한 충성을 저버리지 않는다. 설혹 그것이 황상이 생각이시라면, 따를 수밖에!"

"빌어먹을 벽창호!"

쾅!

주찬은 자리를 박차고 일어났다.

답답했다.

결국, 현재 상황이 어떻든 황제의 내심이 어떻든 자신의 고집을 꺾지 않겠다는 말이다.

달리 말하면 황제가 정강군의 전멸을 원한다면, 그조차도 받아들이겠다는 뜻이다.

주찬으로서는 참으로 이해하기 어려운 사고방식이다.

"멍청한 건지, 답답한 건지! 모르겠습니다! 나는 내 할 일 다 했으니 아버지는 다 끌어안고 가시든 말든 알아서 하십시오!"

더는 참지 못하고 주찬은 자리를 떠나려 했다.

더 있다가는 차마 입에 담지도 못할 온갖 욕들을 쏟아낼 것만 같았다.

오랜 세월 쌓인 감정들이 제멋대로 들끓었다.

멈칫!

그러나 순간 멈춰 돌아서 주군균을 바라봤다.

"형님을 그렇게 죽이시고도, 아직 그 버릇 못 고치셨습니까? 이번엔 또 누굴 죽음으로 내모시려고요!"

나직한 울림이 섞인 독설.

그 독설만큼은 주군균도 무시하고 넘어갈 수 없었다.

"이놈!"

일갈을 내질렀다.

마음 같아서는 주찬의 뺨이라도 내려치고 싶었다.

"……."

하지만 주찬의 눈을 마주한 순간 그럴 수가 없었다.

"…가거라."

"가지 말라 해도 갈 겁니다."

힘없는 주군균의 말에 주찬은 마지막까지 비아냥거리며 자리를 벗어났다.

주찬의 발걸음이 빨라진다.

끝에 가서는 그냥 내달렸다.

그렇게 본영을 벗어나 항주의 번화가로 나왔다.

"염병!"

주찬은 욕지거리를 내뱉었다.

수십 년 만에 만나 아비는 떠나올 때와 전혀 달라진 것이 없었다.

*　　　*　　　*

주군균의 예상치 못한 거절 탓에 천권호무대는 항주 번화가에 따로 숙소를 마련해야 했다.

전쟁 중이니 방을 구하는 것이야 그리 어렵지 않았다.

항주 가장 번화한 곳에 자리한 객점 여관을 겸하는 곳에 일인 당 하나씩 방을 배속받았다.

"그만 마시세요. 그러다 탈 나겠습니다."

늦은 밤.

끝날 것 같지 않을 것처럼 술을 들이마시는 주찬을 보다 못한 송현이 만류했다.

"씨벌! 열 받으니 취하지도 않는구만!"

주찬은 신경질적으로 술잔을 내던져 버렸다.

"내가 이래서 여기 오기 싫었던 거요. 그 벽창호 같은 인간 얼굴 보기 싫어서! 이건 뭐 아들 하나 잡아먹었으면 그놈의 성격 좀 고치던지 해야지……. 뭐가 달라진 게 하나도 없어!"

주찬이 버럭버럭 소리를 지른다.

전쟁 중이 아니었다면, 술 취한 취객이 시비를 걸었을 테지만, 지금은 그런 주찬을 말릴 사람이라고는 송현밖에 없었다.

"다른 분들 다 깨시겠습니다."

"……."

그제야 주찬이 조용해진다.

하지만 그것도 잠시다.

"송 악사는 내가 왜 군이 아닌 무림을 선택했는지 아시오?
가전검술이랄 것도 없는 알량한 무공 들고 왜 무림에 뛰어들
었는지 아느냔 말이오?"

몇십 년을 쌓인 응어리가 터져 나왔으니, 그것을 쉽게 멈출
수 있을 리 없었다.

이제야 와서는 자신이 무슨 말을 하고 있는지도 몰랐다.

그냥 누구에게라도 말하고 싶었다.

때마침 앞에 앉은 이가 송현이란 것도 어쩌면 한몫하고 있
는지도 몰랐다.

"형님이 있었소. 아주 잘나신 형님이셨지. 아버지는 싫어
도 형님은 좋았소. 원래는 화공이 되고 싶어 했던 형님인데,
아버지가 그런 형님을 가만히 내버려 두었겠소? 얄짤없이 군
관이 되었지. 나야 뭐 형님 따라 잠깐 발 담근 거고. 아무튼,
그렇게 원하는 대로 했으면 됐지! 그 인간은 그걸로도 부족했
나 보오!"

"……."

송현은 아무 말도 없이 주찬을 바라봤다.

주찬의 목소리에서 묻어나오는 가락이 멋대로 날뛴다. 날
뛰는 가락을 잠재우는 것은 두 가지뿐이다.

더 강한 가락으로 잠재우든가, 아니면 스스로 지쳐 나가떨어질 때까지 내버려 두는 것이다.

송현은 그러고 싶지 않았다.

마음속 상처를 꺼내고 있는 주찬이다. 그런 주찬의 상처에 소금을 뿌릴 수는 없는 일이다.

그렇기에 송현이 할 수 있는 최선은 그냥 주찬의 곁에 앉아 조용히 그의 말에 귀를 기울여 주는 일이었다.

"산적 토벌 명령이 떨어졌소. 황제폐하께 진상되는 물건을 건드렸다더군. 그래도 규모가 꽤나 큰 곳이라 신중해야 하는 곳이었소. 한데, 지휘관이 미친 인간이지. 그냥 냅다 돌격하라고만 하니 그게 말이나 되는 소리요? 똑똑한 형님 눈에 그게 될 법한 일이 아니었지. 당연히 항명했지. 다 죽을 것이 뻔히 보이는데 거길 왜 뛰어 들어가! 한데, 뛰어 들어가야 했소. 아버지란 인간이 개 끌듯 끌고 가서 떠밀었으니까."

"음……!"

그저 말없이 곁에서 들어주겠다 마음먹었던 송현도 이번 만큼은 신음을 삼킬 수밖에 없었다.

전혀 생각지 못했던 일이다.

또한, 이초와 송현의 할아버지와는 너무나 다른 모습이었다.

할아버지는 송현을 지키기 위해 자신의 모든 것을 베풀었고, 이초는 아들을 잃은 슬픔에 평생을 괴로워했다. 때문에 이초는 지금껏 송현에게 천권호무대를 나오라 그렇게 서찰을 보내오는 것이다.

그와는 전혀 다른 이야기다.

자신의 자식을 죽을지도 모르는 자리에 스스로 떠미는 아비라니.

상상도 해본 적 없는 일이었다.

"군인은 명령에 죽고, 명령에 산다. 아무리 터무니없는 명령이라도 일단 명령이 떨어졌으면 목숨을 걸고 완수해야 한다. 설혹 죽더라도! 그것이 형님을 죽을 자리로 떠밀던 아버지란 인간이 한 말이오."

그렇게 형을 잃었다.

이후 주찬은 군을 떠났고, 아버지인 주군균을 떠났다.

그리고 지금껏 단 한 번도 아버지를 본 적이 없었다. 이번이 처음이다. 십수 년, 아니, 몇십 년도 더 된 이야기다. 그러나 바뀐 것은 없다.

아버지는 여전히 자신의 고집을 꺾지 않고 있었다.

그래서 더욱 화가 난다.

"실망하셨습니까?"

송현이 조심스럽게 물었다.

주찬이 화를 내는 이유.

어쩌면 아버지의 그런 모습이 바뀌어 있길 내심 기대하고 있었는지도 모른다. 그 기대가 부서졌기에 더욱 화가 나는 것이리라.

송현은 그렇게 생각했다.

"애초에 바뀔 인간이 아닌 것을 내가 아는데 실망은 무슨 실망! 그냥 그 미친 인간이 형 죽인 것도 모자라, 자기도 죽는다고 날뛰고 있으니 답답해서 미치겠는 거요. 속에서 천불이 치솟아 죽어버릴 것 같소!"

주찬이 가슴을 팡팡 두드린다.

확실의 속에서 천불이 치솟아 죽어버릴 것만 같다는 그의 말처럼 그의 얼굴은 금방이라도 타오를 듯 붉어져 있었다.

"걱정하고 계시는군요."

송현은 옅게 웃었다.

결국, 주찬이 화가 난 이유는 아버지를 걱정하기 때문이었다.

"미친! 소름 끼치는 소리 마시오! 내가 미쳤다고 그 인간을……."

주찬이야 당연히 아나라는 듯 펄쩍 뛰며 목소리를 높인다.

하지만, 그것도 끝을 맺지는 못했다.

유서린 때문이었다.

"절강군이 움직이기 시작했어요."

유서린의 말에 주찬이 눈을 찡그린다.

"그것이 어쨌다고 그러시오?"

"정황상 왜군 측의 움직임이 있었나 봐요. 대주께서 절강군을 따라간다고 결정하셨어요."

"젠장! 환영해 주지도 않는 거 고생은 사서 하는구만. 잠시
만 기다리시오. 무기 좀 챙기고."

주찬이 투덜거리며 일어섰다.

술을 그렇게 마시고도 취하지 않는다는 주찬의 말이 거짓
은 아닌지, 주찬의 걸음걸이는 비틀거림이 없었다.

검은 항시 허리에 차지만, 전쟁을 대비해 넉넉히 준비해 온
비수와 암기는 방에 두고 온 것이다.

송현과 유서린은 말없이 주찬이 방으로 올라가는 것을 지
켜보았다.

"들으셨어요?"

송현이 유서린을 보며 묻는다.

주찬의 이야기를 유서린이 들었는가를 묻는 것이다.

아니, 사실은 송현도 알고 있었다. 유서린이 가까이 다가오
는 것을 송현도 느끼고 있었으니까.

"예, 들었어요."

역시나.

유서린이 고개를 끄덕인다.

"하지만, 입에 올리진 않아요. 그건 제게 한 말이 아니니까
요. 먼저 청하지 않는 이상 천권호무대는 대원들의 개인사에
개입하지 않아요."

"…그렇군요."

송현이 고개를 끄덕였다.

송현도 그 정도의 눈치는 있었다. 처음 천권호무대에 들어 갔을 때부터 지금까지.

천권호무대원들 각각이 가진 기묘한 경계선이 존재하고 있었다. 그들은 그 보이지 않는 선들을 넘으려 하지 않았다는 것도 안다.

"송 악사님은 어찌하실 겁니까?"

이번엔 오히려 유서린이 물었다.

송현은 머리를 긁적였다.

"글쎄요. 아직 모르겠습니다."

아직은 모른다.

그를 도울 수 있는 방법도 알지 못했고, 그가 송현의 도움 을 원하는지도 알지 못했다.

*　　　*　　　*

절강군 대부분은 보병과 수병이다.

기마(騎馬)병종이 존재하긴 했지만, 그 수는 다른 성에 비 해 한참이나 모자라다. 그 미약한 숫자마저도 왜구와의 전쟁 에 투입된 여파로 계속해서 줄어들었다.

작금에 와서는 몇 남지 않은 기마병종은 급히 소식을 전하 는 파발로만 쓰일 뿐, 실질적으로 운영되는 것은 보병과, 보병으로 병종이 바뀐 수군이 유일하다시피 했다.

덕분에 천권호무대가 그들의 뒤를 쫓는 건 그리 어렵지 않았다.

적당한 거리에서 여유롭게 그 뒤를 따랐다.

하지만 곧 후회했다.

"이게 무슨……."

송현의 입에서 낮은 탄식 섞인 혼잣말이 흘러나왔다.

마을이 사라졌다.

남은 것은 불에 타다 남은 잔해와 하얀 잿더미가 전부다.

살아 있는 사람은 없었다.

이미 저들의 상륙을 저지하기 위해 한차례 충돌이 있었는지 죽은 병사들의 시체가 즐비하다. 그리고 그보다 많은 촌민의 시신도 자리를 차지하고 있었다.

남아 있는 시신은 몇 가지 특이점이 있었다.

"코가 없군."

"여인들의 시신도 없어요."

진우군의 혼잣말에 유서린이 말을 더한다.

두 사람 말대로다.

시신 중 젊은 여인의 것은 찾아보기 어려웠다. 대부분 젊은 사내와 노인들, 그리고 어린아이들의 것이었다.

시신조차도 온전한 것은 없다.

"아! 맞으시군요! 그때 무림맹이란 곳에서 오셨다던……."

그때 누군가 다가왔다.

검게 그을린 얼굴에 주름이 가득한 늙은 병사였다.

"그땐 감사했습니다. 정말 죽는 줄 알았지 무엇입니까."

노병은 천권호무대에게 호의를 보였다.

그도 그럴 것이 그는 일전의 전투에서 주군균의 후퇴를 주장했던 노병이었다.

그때 송현의 신기한 수법에 의해 왜군을 물렸으니, 그로서는 송현과 천권호무대는 생명의 은인이나 다름없었다.

"대체 이게 어떻게 된 일이오? 왜적 놈들이 이렇게 쓸고 지나갈 정도면 한두 시진으로는 되지 않았을 텐데, 왜 이제야 도착한 것이오? 그리고 시신 꼴들은 다 이게 무슨 개 꼬락서니고!"

그런 노병에게 주찬이 버럭 소리를 내질렀다.

그런 주찬의 손에 목 잘린 아이의 머리가 들려져 있었다.

소리치는 주찬의 얼굴은 붉고, 경련이라도 난 듯 푸들푸들 떨렸다.

"아! 그것이……. 저희 병사 하나로 왜적 놈 하나를 상대하기 어렵습니다. 해서 항상 상륙 예상 인원보다 많은 수의 병사가 출정해야 하는데……. 그리되면 출정도 이동 속도도 아무래도 늦을 수밖에요. 더욱이 저들은 강을 타고 움직이지 않습니까. 아무리 개 발에 땀나듯이 뛰어도 그들보다 앞서 도착한다는 것이야 말도 안 되는 일이지요."

노병이 쓴웃음을 짓는다.

주찬의 분노는 무섭지 않다. 이미 무수한 죽을 고비를 넘기고서야 이 자리에 선 노병이다.

산전수전 다 겪으며 버텨온 노병의 관록이다.

다만 아쉬운 것은 군병이 되어 사람을 지키지 못했다는 점이 전부다.

송현은 흥분한 주찬의 어깨에 손을 올렸다.

씩씩거리던 주찬의 어깨의 떨림이 잦아든다. 송현은 주찬을 대신해 아직 듣지 못한 질문에 답을 다시 물었다.

"시체는 왜 이리됐나요?"

"왜구 놈들 사이에서 코가 전공을 대변하는 법이라 합니다. 해서 전투만 벌어지면 어떻게든 코를 베어 가려고 안달이지요. 자세히 보면 젊은 처자의 시체는 찾기 어려울 겁니다. 그건 그네들은 돈이 되기 때문입니다. 내다 팔려고만 하면 얼마든지 사갈 사람은 넘쳐나니까요. 그들로서는 드센 사내들보다 관리하기도 쉽지요."

야만적이다.

죽은 이의 코를 전과로 삼는다니.

"……."

송현은 차마 말을 잇지 못했다.

사람의 숨이 단번에 끊어지지 않는다. 주위에 즐비한 시체들만 보아도 알 수 있다. 몇몇 시신의 몸에 난 상처는 단번에 목숨을 잃을 만한 상처가 아니다.

하지만 그들 또한 마찬가지로 코가 베어져 있다.

어쩌면 아직 숨이 붙어 있는 사람을 두고 코를 베어 간 것일지도 모른다.

그렇게 생각하니 눈앞이 캄캄해진다.

"먼저……. 가겠습니다."

송현이 눈을 질끈 감는 사이.

주찬이 또다시 돌발 행동을 보였다.

죽은 아이의 목을 들고 말에 오른다.

"어딜 가려는 거지?"

진우군이 그런 주찬을 멈춰 세우며 묻자, 주찬은 두 눈에 흉광을 빛냈다.

손에 든 아이의 머리를 치켜들었다.

"이거! 똥고집 인간 밥상 앞에 던져 놓고 오렵니다!"

무림에 살면서 시체를 처음 본 것은 아니다.

여인의 시체도 보았고, 노인의 시체도 보았다. 아이의 시체도 많이 봤었다. 이보다 더한 시체도 수없이 보았다.

그때마다 일일이 화를 내지 않았다.

하지만 지금은 다르다.

절강의 군사들을 지휘하는 이는 주찬의 아버지인 주군균이다. 절강에 일어나는 모든 외적으로 말미암은 피해의 책임은 그에게 있다.

그것을 알기에 이토록 분노하는 것이다.

괜한 고집으로 죄 없는 백성들을 죽음으로 내몰고 있는 아비의 모습을 더는 볼 수 없었다.

주찬이 말을 타고 달려 나간다.

"저도 먼저 가보겠습니다."

그런 주찬을 가만히 바라보던 송현이 조용히 입을 열었다.

"무얼 하시려고요."

유서린이 그런 송현을 보고 물었다.

주찬의 모습만큼이나 송현의 모습도 불안하기는 마찬가지다.

고요한 모습.

그것이 지나치다.

마치 폭풍이 일어나기 전야를 보는 듯했다.

송현은 안심하라는 듯이 고개를 저었다.

"걱정하지 마세요. 괜한 사고는 치지 않을게요."

"그러면요?"

그럼에도 못내 불안한지 계속되는 유서린의 물음.

송현은 웃었다.

"연주나 해볼까 합니다."

*   *   *

쾅!

절강의 지형을 본뜬 사구 위로 아이의 머리가 떨어졌다.

광기에 가까운 분노를 담은 주찬의 시선이 자신의 아비인 주군균을 향해 쏘아졌다.

"무슨 짓이냐?"

"오늘 죽은 아이입니다."

"……."

주찬의 그 말에 주군균의 입이 굳게 닫혔다.

"대체 무슨 짓입니까 이게. 아버지가 좋아하는 황상의 명이라지 않습니까. 그런데 왜 그것도 싫다고 해서 이 난리입니까. 지금!"

가슴속 타오르는 불길을 거침없이 쏟아낸다.

"당장 무림의 손을 빌리고 나면? 다음은? 군대는 무슨 소용이고, 절강이 무슨 소용이냐? 오늘과 같은 일이 생기면 황상께서는 또다시 무림인들을 찾게 되겠지. 아니, 점점 더 무림인들이 군에 들어와 세력을 형성하는 일이 잦아질 것이다."

"지금 그게 무슨 뚱딴지같은 소립니까!"

"그다음은? 무림인들이 무엇을 할까? 강호에 이미 거대한 세를 가지고 있는 무림인들이 군에 들어 요직을 차지하고, 군사를 갖게 되면? 너는 그들이 이 나라를 위해 힘을 쓸 것으로 생각하느냐? 아니면, 그네들을 길러준 가문을 위해 힘을 쓸 것이라 생각하느냐?"

주군균의 말은 거침이 없었다.

주군균의 눈에 비친 무림인은 황상의 이름으로 정한 법규를 어기는 무뢰배들이다. 무림인이란 무뢰배들이 지금도 강호라는 세상에서 멋대로 날뛰고 세를 갖는다. 그런 그들이 군의 요직을 차지하게 되면?

어차피 황상의 법규를 밥 먹듯 무시하는 인간들이다.

거칠 것이 없다.

자파와 자신의 가문을 위해 군의 권력을 남용할 것이다. 황제를 위해 나라를 지키기보다는, 자파의 성세를 지키기 위해 더욱 노력하려 들 것이다.

"지금 그게 무슨 뚱딴지같은 소리란 말입니까! 될지 안 될지 알지도 못할 먼 미래 때문에……!"

"된다. 이미 그러한 전례를 수없이 보아왔다. 너희 무림맹의 칠가는 지금 어떠했느냐? 그들의 식솔이 군부에 들어 음으로 양으로 전횡을 일삼는 것을 너는 모른다 할 것이냐?"

"……"

이번엔 주찬이 말이 없다.

무림인들이 갖는 개개인의 무인은 일개 병사에 비할 바가 아니다. 군부의 장수들도 무림인의 무위에 처진다는 것이 정설이다.

무림맹이 자리 잡고, 칠가가 득세하기 시작하면서부터 칠가에서는 자신의 식솔들을 군부에 집어넣기 시작했다.

그 폐단은 이미 나오고 있다.

군부에 적을 둔, 주군균이 그것을 모를 리 없다. 무림맹에 적을 둔 주찬 또한 그것을 모를 리 없다.

"지금은 절강이 무너지고 있으나, 지금 무림의 손을 빌리고 나면? 그때는 이 나라가 무너지고 말 것이다!"

진실한 이유는 이것이었다.

무림이 군에 개입하고 전공을 세우기 시작하면, 그들이 군부에 적을 두기 시작하면, 언젠가 이 나라가 망한다.

황제의 명령으로 찾아온 무림인들을 받아들이지 않은 것 또한 그 때문이다.

주찬은 그만 웃어버렸다.

"크큭! 아주 대단한 충신 나셨습니다! 그래! 그 충신께서는 지금 죽어가는 백성들은 어찌 구하시려 그러십니까? 아니, 구하실 수는 있습니까?"

대신 현재 절강군의 무능을 비아냥거렸다.

"구할 수 있다. 구해 낼 것이다."

주군균의 대답은 단호하고, 결의에 넘쳤다.

무슨 일이 있어도 이 절강의 백성들을 지켜 내리라는 그의 마음은 이미 그의 목소리에 충분히 담겨 있었다.

하지만, 주찬은 그마저도 비웃을 뿐이었다.

"언제 말입니까? 대체 언제 지킬 생각이십니까. 왜요? 이 절강 사람들 다 죽고 난 다음에? 왜구의 칼날에 코 베이고 목

베인 다음에?"

"이놈!"

주군균이 벌떡 자리를 박차고 일어났다.

그때였다.

"지휘첨사님!"

장수 하나가 안으로 들어왔다.

지휘첨사의 명령도 없이 안으로 들어오는 것은 하극상으로 보아도 좋을 중죄였으나, 식은땀을 흘리는 장수의 얼굴은 보통 심각한 것이 아니었다.

"무슨 일이냐?"

주군균의 물음에 장수가 숨을 가다듬고 답했다.

"절규가……. 절규가 들립니다!"

"절규? 그것이 지금……!"

절규라니. 심각한 장수의 표정과 달리 너무나 뜬금없는 보고다.

가뜩이나 찾아온 주찬으로 인해 끌어 올랐던 화가 막 장수에게로 향하려던 찰라.

주군균은 말을 멈추었다.

"이것이 대체 어디서 나는 소리란 말이냐?"

소리가 들린다.

장수의 보고대로 절규 소리다.

하지만, 전장에서 잔뼈가 굵은 주군균의 귀에는 그것이 단지 비명 소리로만 치부되지 않았다.

전장에서 자행되는 학살과 약탈의 소리다.

그 소리가 한탄에 찬 절규 소리 속에 묻혀 있었다.

"병사들을 소집하라. 비상상황이다. 왜적들이 항주를 노리고 있다!"

주군균의 목소리에는 조급함이 가득했다.

항주가 무너져 내리면, 절강은 끝이었다.

*   *   *

주찬과 주군균이 한바탕 언성을 높이는 사이.

송현은 항주의 번화가 중심에 섰다.

손에는 비파가 들려져 있었다.

술과 유흥의 도시라 불리는 항주는 악양과 닮은 점이 많았다. 거리에 악사들이 많다. 주루에도, 기루에도 악사들이 존재한다.

그러니 악기를 구하는 것도 그리 어려운 일이 아니다.

'연주나 해볼까 합니다.'

유서린에게 했던 말처럼 송현은 연주를 할 생각이었다.

하지만, 그것은 노래가 아니다.

'될진 모르겠지만……'

스스로도 한 번도 시도해 본 적 없는 일이니 이것이 가능한

지는 모른다.

그저 지금 이 순간 직접 확인해 볼 뿐이다.

자리를 잡고 앉았다.

비파의 현을 뜯었다.

꺄아아아아악―!

순간 소름 끼치는 비명이 사방에 울려 퍼졌다.

"이크! 이게 대체 무슨 소린가?"

"무슨 일이라도 생긴 것 아니에요?"

그 소름 끼치는 소리에 순간 귀를 틀어막던 행인들이 영문을 알지 못해 주위를 두리번거린다.

'되는구나.'

송현은 속으로 안도의 한숨을 내쉬었다.

의도한 소리가 났다.

송현은 이제 본격적으로 연주를 시작했다.

그것은 절대 노랫소리가 아니었다.

여인의 처절한 비명이 울려 퍼지고, 어미 잃은 자식의 울음소리가 울려 퍼진다. 흉악한 악한의 칼 소리에 붉은 피가 튀어 오르고, 죽어가는 이들이 고통에 찬 신음을 토해냈다.

광릉산의 분노의 가락을 담았다.

더불어 송현이 전장에서 보았던 슬픔의 선들을 끌어와 이어 붙였다.

어느 순간.

항주의 가장 번화한 중심가에 지옥과도 같은 전장이 펼쳐졌다.

죽고 죽이고, 짓밟힌다.

광기와 슬픔, 좌절만이 세상을 가득 채운다.

송현의 연주하는 것은 음악이 아니다.

전쟁터다.

전장의 노래가 항주의 중심에 전장터를 재현한 것이다.

송현의 이마에 식은땀이 송골송골 맺혔다.

처음 해보는 일이다. 지금껏 단 한 번도 시도해 볼 생각조차 한 적 없었다. 풍문으로 듣기에 높은 경지에 이른 악사는 떨어지는 폭포의 소리를 진짜와 같이 재현해 낼 수 있다고 했었다. 그 이야기를 기억해 내고 시도해 본 일이니, 송현의 연주는 능숙할 리 없다.

거칠다.

그러나 차라리 그래서 더욱 현실감 있었다.

군데군데 단절되고 여기저기 거칠지만, 그렇기에 전장의 어그러짐이 더욱 현실감 있게 표현되었다.

때아닌 전쟁터가 펼쳐진 항주.

사람들은 당황했다. 귓가에 울리는 비명과 울음소리는 항주 전체가 전쟁터로 물들어버린 듯했다. 가뜩이나 기세를 높이고 있는 왜적 탓에 불안감을 안고 사는 이들이다.

모두 거리로 뛰쳐나왔다.

전쟁을 피해 도망치기 위해 혈안이 되어 있었다. 하지만, 전장의 소리는 천지사방에 가득 차 있었다.

어디로 도망쳐야 하는지도 가늠이 잡히지 않는다.

그렇게 항주가 혼란에 빠져갈 때 즈음.

챙!

송현의 목 끝에 큰 장군도가 와 닿았다.

"이게 대체 무슨 짓이냐!"

주군균의 분노에 찬 으르렁거림이 송현의 연주를 멈춰 세웠다.

"……."

송현이 연주를 멈추니 항주에 가득 찼던 전장의 소리도 사라졌다.

그 고요함이 더욱 이질적으로 느껴진다.

송현은 가만히 가라앉은 눈으로 주군균을 응시했다.

"송 악사, 대체 이게 무슨 짓이오?"

엉겁결에 따라온 주찬이 걱정스러운 눈으로 송현을 바라봤다. 송현의 시선도 주찬을 향했다.

"설득하셨나요?"

"…못했소."

"그렇군요. 다행이네요. 제가 쓸데없는 짓을 한 게 아니라서요."

끼아아악—!

잠시 멈춰졌던 비명이 다시 울려 퍼진다.

또다시 항주는 전장의 한가운데에 뚝 하고 떨어져 버렸다.

멈췄던 혼란이 다시 가중되고, 사람들의 부담감은 오히려 전보다 더욱 커졌다.

"그만하지 못하겠느냐!"

주군균이 버럭 소리를 내질렀다.

그러나 송현은 연주를 멈추지 않았다.

전장의 소리는 점점 더 실감 나고, 가깝게 항주의 도시 위로 겹쳐지고 있었다.

"이놈!"

송현의 목에 닿았던 장군도가 떼어졌다.

그러나 그것은 송현의 머리를 내려치기 위한 후퇴에 불과했다.

높이 오른 장군도가 송현의 머리 위로 떨어졌다.

그때였다.

쾅!

송현이 돌연 비파를 강하게 때렸다.

"큭!"

코앞에서 화포가 터져 나간 것처럼 귓청이 울렸다.

일순 항주가 굉음에 이지러졌다가 다시 펼쳐지는 듯한 착각이 들 정도다.

주군균의 도는 결국 송현의 머리를 가르지 못했다.

고막에 충격을 받은 주군균이 비척거리며 뒤로 물러섰다.

송현은 그런 주군균을 가만히 바라봤다.

"왜 멈추라 하셨지요?"

"지금 이 모습이 보이지 않느냐! 네놈 하나 때문에 항주가 동요하고 있지 않느냐!"

"그것이 무슨 상관이죠? 이건 그저 소리일 뿐입니다. 누구도 해치지 않고, 죽게 하지 않죠. 전쟁에 비하면 너무나 가벼운 일 아닌가요?"

"항주가 흔들리면 절강을 지킬 수 없다. 절강을 지키지 못하면 절강의 백성들은……."

"지키긴 하실 겁니까?"

송현이 주군균의 말을 자르며 물었다.

"지킨다! 아니, 지켜낼 것이다."

"무엇 때문에요?"

"나는 군관이다. 황제폐하께서는 네게 군관의 자리를 주셨고, 나는 황제폐하의 녹을 먹고 살았다. 그러니 황제폐하의 백성들을 지키는 일이야 당연한 일이지 않느냐!"

"군관이기 때문에……. 그런데 왜 지키지 않으시려 하십니까?"

송현의 물음.

그 물음에 주군균의 눈동자가 일순 흔들렸다.

주찬과는 전혀 다른 화법이다. 그 화법이 효율적이라 할 수는 없다.

하지만, 그보다 깊은 울림이 담겨져 있었다.

주찬의 목소리에 담긴 분노와는 또 다른 울림이었다.

"전시입니다. 지키기 위한 전쟁이든, 빼앗기 위한 전쟁이든 군관의 목적은 오로지 하나입니다. 전쟁에서 승리하는 것. 다시 한 번 묻겠습니다. 당신은 군관입니까? 아니, 이 전쟁을 이기고 싶은 생각은 있으십니까?"

"…물론이다."

주군균의 목소리에 망설임이 담겼다.

이기고 싶다. 그가 이 나라의 백성이고, 이 나라의 장수인 이상 이기고 싶다는 생각이 없을 리 없다.

그럼에도 그는 망설였다.

"제가 아는 장수의 덕목은 하나입니다. 이기기 위해서라면 누구와도 손을 잡는다. 아군의 희생을 줄이기 위해서라면 스스로 지옥불에 뛰어들기를 망설이지 않는다. 아닙니까?"

"…맞다."

주군균이 고개를 끄덕였다.

한낱 무림인에게서 군관의 덕목을 듣는다.

그 덕목은 책에 나온 것도 아니고, 누가 가르쳐 주는 것도 아니다.

하지만 장수라면, 누구나 알고 있는 덕목이다.

전장의 승리를 위해서라면 무엇이든 한다.

그것이 자국을 지키고, 자국의 영광을 이룩하는 일이다.

"그런데 왜 안 하십니까?"

송현이 묻는다.

"……."

주군균은 입을 열지 못했다.

"무림인이든, 무뢰한이든 그것이 무슨 상관입니까! 당장 눈앞에 전쟁에서 승리하는 것이 우선이지 않습니까."

"하나 그렇게 되면……."

"무엇을 걱정하십니까? 그것이 지휘첨사께서 해야 할 걱정이 맞습니까? 지금 이 순간 지휘첨사께서 하시는 걱정이 진정 지휘첨사께서 하셔야 할 걱정이 맞습니까?"

마치 주군균의 마음을 꿰뚫어 보듯.

송현의 질문은 비수처럼 그의 심장에 내리꽂혔다.

"…그렇군!"

주군균의 고개가 무겁게 끄덕여졌다.

"내가 할 걱정이 아니었어!"

한 번이 어렵다.

하지만 한 번 무림의 손을 빌리고 나면, 차후는 쉬워진다. 무공을 익힌 무림인들이 두각을 보이는 것은 당연하고, 이후 군의 요직을 차지하기도 쉽다.

그로 인한 전횡과 폐단은 이미 역사가 말해주고 있다. 또한, 현재 무림맹의 칠대세가를 중심으로 현재 진행 중이다.

그것을 알기에 절강 무림의 참전을 거부했다.

하지만, 주제넘은 일임을 이제야 깨달았다.

'그것은 황제 폐하께서 걱정하실 일이지 일개 무관이 걱정할 일이 아니지 않는가!

사람을 어떻게 쓰는가는 황제가 결정할 일이다.

주제넘게 그것을 신경 쓰고 있는 자신을 발견했다.

주군균은 고개를 끄덕였다.

"미안하오. 내 아둔한 고집 때문에 무례를 범하였소."

목소리가 바뀌었다. 송현을 대하는 태도를 바꾸었음을 의미한다.

"절강군 총지휘책임자 지휘첨사 주군균이 감히 무림의 도움을 청하는 바요. 부디 도와주십시오."

주군균이 정중히 허리를 굽힌다.

당장 중요한 일은 날뛰는 왜적들의 칼날에서 절강과 절강의 백성들을 지켜내는 일임을 깨달았다.

모든 것이 부족한 지금 무림의 도움이 절실함을 모르지 않았다.

"…죄송해요."

그러나 주군균의 기대와 달리 송현은 죄송하다고 한다.

고개를 숙이고 가로저었다.

예상치 못한 대답에 주군균의 몸이 굳었다.

그렇다면 지금껏 왜 이런 연주를 펼쳤단 말인가.

그때.

"그것은 제가 결정할 일이 아닙니다. 그것을 결정할 사람은 대주시니까요."

송현이 숙였던 고개를 들고 웃음을 지었다.

이것으로 무림과 절강군의 연합이 성사되었다.

제6장
호국염왕(護國閻王)

천권호무대가 절강군과 손을 잡았다.

이후 천권호무대는 바빠졌다. 모든 대원이 한 조를 이루어 움직이는 경우는 흔치 않았다.

그러기에는 적은 너무 많았고, 아군의 숫자는 턱없이 모자랐다.

두 명, 세 명, 때로는 한 명.

체력과 시간이 허락하는 한 최대한 많은 전투를 치러야 했다. 그래서 흩어졌다.

그렇게 또 시일이 흘러갔다.

상황은 여전히 악화 일로다. 하지만 고작, 여섯뿐인 천권호무대의 합류는 그 악화의 속도를 늦춰주고 있었다.

 귀청을 울리던 포성이 사라진 지 오래됐다. 끝나지 않을 것처럼 쏟아져 내리던 화살 비도 어느덧 그쳤다.

 그 뒤로 진정한 지옥이 펼쳐졌다.

 사지 중 하나를 잃은 병사의 시신이 땅 위를 뒹군다. 차라리 그것은 우습다. 목이 반쯤 잘린 병사가 무릎을 꿇고 바닥을 긴다. 고통에 허우적거릴 때마다 치솟는 핏줄기는 대지를 붉게 적셨다. 눈에 화살이 꽂힌 병사는 고통에 절규하고, 창칼에 크게 벌어진 배로 흘러나온 장기는 끊어져 가는 생명줄을 붙잡기 위해 격하게 펄떡거린다.

 그리고 그들을 뒤로하고 아직 살아 있는 병사들은 칼날을 휘둘렀다. 악에 찬 괴성이 사방에서 터져 나왔다. 광기로 번들거리는 두 눈은 또 다른 표적을 좇아 사방을 훑어댔다.

 "…끝났다."

 피칠갑을 한 늙은 병사가 멍하니 중얼거렸다.

 광기에 물든 지옥 속에서 그는 그나마 빨리 이성을 찾은 편이었다. 그가 그만큼 경험 많고 노련한 병사이기에 가능한 일이었다.

 전투는 끝을 향해 달려가고 있다.

 다행히 그 끝은 패배가 아닌 승리 쪽인 듯했다.

 상륙과 약탈을 감행했던 왜구의 숫자는 눈에 띄게 줄어들어 있었고, 아군의 병사들은 쓰러진 이들보다 아직 서 있는 이들이 더욱 많았다.

노병은 습관적으로 저 앞을 바라보았다.

끝을 향해 달려가는 전쟁 속에서도 저 앞은 아직 비명이 터져 나온다.

벌어진 백병전의 최전선이다.

그곳에 유독 눈길을 끈 것이 있었다.

붉게 타오르는 불꽃.

그 크기가 집채에 비견해도 모자라지 않을 만큼 거대했다.

"호국염왕(護國炎王)……."

무림맹에서 온 젊은 무사.

첫 등장부터 화려했던 그를 어느 순간부터 병사들은 호국염왕이라 불렀다.

사람의 몸으로 불꽃을 부리고, 수십의 검을 손짓으로 날려 보낸다. 일신의 힘으로 패색이 짙었던 전세를 뒤집었다.

그 모든 일이 국가와 백성을 지키기 위함이니 호국(護國)이고, 붉은 불꽃으로 적을 불태우니 염왕(閻王)이다.

그렇기에 병사들 중 누구도 그보다 적합한 별호를 찾지 못하였다.

"와아아아아!"

노병이 멍하니 앞을 바라보던 사이.

일순간 병사들의 입에서 환희에 찬 함성이 터져 나왔다.

노병의 예상처럼 처절했던 전투가 승리로 끝이 난 것이다.

함성을 외치는 이들은 대개 젊은 병사들이다. 노병과 같이 오랜 세월 군에서 보내온 병사들은 소리 지를 힘조차 없는지 그저 헛웃음을 지을 뿐이다.

"헙!"

헛웃음을 짓던 노병이 일순 기함을 삼켰다.

저벅. 저벅. 저벅.

울려 퍼지는 함성 속을 헤치며 젊은 무사 하나가 늙은 병사의 곁을 스쳐 지나갔다.

오늘 가장 많은 전공을 올리고, 가장 많은 적을 베어낸 장본인이다.

호국염왕.

바로 그다.

'더욱더 슬퍼지셨구나.'

노병은 자신을 스쳐 지나가는 호국염왕을 보며 처음에는 놀랐고 이내 연민했다.

첫 등장부터 화려했다.

일신의 무위로 왜구를 물러서게 했다. 이후 전투가 벌어질 때마다 혁혁한 전공을 세웠다.

한데, 전투가 끝날 때 돌아서는 그의 눈빛은 언제나 슬프고 음울하다. 늙은 병사가 그것을 깨달은 것도 벌써 열흘이 다 되어가고 있었다.

'하긴!'

노병은 한숨과 함께 고개를 저었다.

유명한 사람이다.

절강의 병사들 사이에서 뿐만이 아니었다. 처음에는 몰랐지만, 그가 유명해진 지금은 그가 과거에 어떤 이름으로 불렸는지 안다. 그가 이미 병영에 지원을 왔을 때부터 그에 대한 소문은 이곳저곳에서 들려오고는 했었다.

"풍류선인이라 하셨던가……."

오래되지도 않은 기억이건만, 되짚는 기억은 빛이 바래 있었다.

풍류선인 송현.

호국염왕은 풍류선인이라 불리던 송현의 새로운 이름이 되어 있었다.

＊   ＊   ＊

저벅. 저벅. 저벅.

환호하는 군사들 사이를 빠져나왔다.

허리를 곧게 펴고, 보보에 움직임은 자연스럽게 체중을 싣는다.

"무인(武人)의 기본은 바로 서는 것이다. 그다음은 바로 걷는

것이고, 그다음은 바로 뛰는 것이다. 네게 달리라 시킨 것은 그
때문이다. 하지만, 이제는 바로 서고 바로 걸어야 할 때군. 후 걸
음에 강약(强弱)을 더하고 경(輕)과 쾌(快), 중(重)과 둔(鈍)을 더
해야겠지.”

최근 진우군이 송현에게 남긴 조언이었다.

맹주는 무공을 익히지 말라 했지만, 송현은 진우군의 조언
을 무시하지 않았다.

그 조언을 곱씹고 끊임없이 몸에 배도록 했다.

아직 걸음의 강약을 더하거나, 경과 쾌, 중과 둔을 더하지
는 못한다. 그러나 적어도 바로 서고 바로 걷는 법은 알게 되
었다.

송현이 그렇게 병사 무리를 모두 빠져나왔을 때다.

“큭!”

송현의 입에서 짧은 신음이 흘러나왔다.

허리를 곧게 펴고 바르게 걷던 자세도 어느덧 흐트러져 버
렸다.

찌— 잉!

머리가 깨질 듯 아프다.

“허억! 허억! 허억!”

억지로 참았던 호흡은 미친 듯이 날뛰었다.

송현은 쓴웃음을 머금었다.

'무리했구나!'

무리했다. 전쟁에서의 전투는 무림인 간의 전투와는 전혀 달랐다.

한 번 시작되면 작게는 몇 시진에서 길게는 반나절까지 이어지는 경우가 허다했다.

그나마 백병전이기에 이 정도일 뿐.

수성전과 같은 장기전으로 돌입한다면 최소 며칠은 소요될 것이다.

그 긴 시간 동안 광릉산보의 가락을 뿜어내었으니 몸에 무리가 가는 것도 이상할 일 없는 일이었다. 그건 사람이 오랜 시간 달리면 숨이 차는 것과 크게 다를 바 없는 당연한 이치였다.

잠시 힘겨워하던 송현은 고개를 휘휘 저었다.

거칠어졌던 숨은 다시 원래의 상태로 돌아왔고, 지끈거리던 두통도 한결 누그러졌다.

'이것도 이골이 나는 건가?'

절강에 합류한 이후 벌써 몇 번이나 전투를 치렀는지 모른다.

그러다 보니 이제는 익숙해져서는 후유증도 한결 가벼워지고 있다.

송현의 입가에 걸린 쓴웃음이 더욱 서글퍼졌다.

스윽.

손을 들었다.

온통 피를 뒤집어썼다. 오늘 송현의 손에 죽어간 왜적의 숫자가 얼마나 되는지는 송현도 모를 정도다.

그만큼 많이 죽이고, 또 죽을 고비를 맞아야 했었다.

그 기분이 좋을 리는 없다.

뒤집어쓴 핏물에 젖어드는 몸은 자꾸만 무거워졌다.

"송 악사님."

쓴웃음을 짓던 송현이 고개를 들어 자신을 부르는 목소리를 좇았다.

차갑지만, 이제는 그 목소리가 이상하게 따뜻하게 들린다.

아마 전쟁터라는 치열한 환경 속에서, 그래도 가장 확실히 믿을 수 있는 사람의 목소리이기 때문인 듯했다.

송현의 시선이 닿은 곳에 유서린이 있었다.

송현과 마찬가지로 온통 피칠갑을 한 모습이다.

본격적으로 전쟁에 참여한 이후 송현과 유서린이 함께 전투에 참가하는 일이 잦았다.

맹주의 부탁을 받은 송현이 부러 유서린과 전투를 함께하려 했던 이유도 있었고, 천권호무대 내의 분위기도 그랬다.

아직, 실전경험이 부족한 송현을 곁에서 지원해 줄 사람으로 유서린이 가장 적합했기 때문이다.

말 많은 주찬이 맡은 임무는 전투가 아닌 첩보였고, 송현이 아무리 소구의 심언을 들을 수 있다고 한들, 의사소통에는 아직 한계가 있었다.

그러다 보니 남는 사람은 유서린뿐이었다.

씨익.

송현이 웃었다.

씁쓸한 웃음이 아닌, 기분 좋은 웃음이었다.

그러나 그 웃음도 그리 오래가지 못했다.

"다치셨습니까?"

송현이 성큼 유서린과의 거리를 좁혔다.

"조금이요. 신경 쓸 정도는 아니에요."

"잠시만 기다리십시오."

신경 쓸 정도는 아니라는 유서린의 말도 무시한 채, 송현은 곧장 한쪽으로 몸을 옮겼다. 전투가 시작되기 전에 미리 준비해 둔 행랑을 찾기 위함이었다.

임무가 주어진 직후 천권호무대는 여러 가지 준비를 했다. 전쟁을 하는 일이다. 마음잡고 준비를 하자면 끝도 없는 일이다.

송현은 행랑 속에서 미리 챙겨온 금창약과 면포를 꺼냈다.

그리고 유서린의 상처를 살핀다.

"상처가 깊습니다."

송현의 목소리에는 걱정이 가득 담겼다.

팔목 아래에 난 상처다. 뒤집어쓴 핏물을 닦아내고 살펴본 상처는 제법 깊었다.

"흉이 남을지도 모르겠군요."

송현의 콧날이 유서린의 팔에 닿을 듯 가까워졌다.

송현의 호흡이 유서린의 상처를 스쳐 지나갔다.

"읏!"

따끔거리면서도, 간질거린다. 팔에 솜털이 일어나는 것만
같다.

"괘, 괜찮아요."

그 기묘한 감각에 유서린의 얼굴에 홍조가 돌았다. 이유도
없이 심장이 요동치려 한다.

괜한 부끄러움이 밀려들었다.

그 이유 없는 기묘함과 부끄러움에 유서린은 급히 팔을 빼
려 했다.

"가만히 있으세요!"

하지만, 송현은 그런 유서린의 팔을 놓아주지 않았다.

오히려 더욱 강하게 끌어당기며 벌어진 상처에 잔뜩 금창
약을 바르며 상처를 살폈다.

"지금은 급한 대로 이렇게만 하지만, 본영으로 돌아가는
즉시 의원에게 보이셔야 합니다. 아시겠습니까?"

금창약을 덕지덕지 바른 팔에 면포를 단단히 감았다.

지나치게 강하게 감으면 피가 통하지 않고, 헐겁게 감으면
면포를 감은 의미가 없어진다.

실제로 이렇게 누군가를 치료한다는 것도 이번 전쟁에 참

가한 이후부터의 일이다. 그러니 아직은 서투르고 또 그렇기에 더욱 조심스러웠다.

섬세한 손길로 면포를 묶고, 세심하게 확인한다.

"…예."

그런 송현의 배려에 유서린은 고개를 푹 숙여 버렸다.

대답하는 목소리는 기어들어가는 듯했다. 피에 젖은 머리칼 사이로 살짝 드러난 두 귀는 불에 달군 듯 빨갛게 변해 버린 지 오래다.

유서린은 이상하게도 두껍게 감긴 면포 위로 송현의 손길이 고스란히 전해지는 것만 같았다.

무림인으로 살아오면서 숱한 상처를 입었었다. 누군가 대신 치료해 준 일도 허다했다. 그럼에도 지금과 같은 느낌은 처음이었다.

'하—!'

이유는 모른다.

스스로도 이해할 수 없는 모습에 유서린은 낮게 한숨을 내쉬었다.

"되었습니다."

그러는 사이 드디어 송현이 유서린의 팔을 놓아주었다.

안도가 섞인 기분 좋은 웃음을 짓는 송현은 행랑을 챙기고 일어서 주위를 살폈다.

울려 퍼지던 승리의 함성도 어느덧 잦아들었다.

전투가 끝나고 여기저기 병사들이 움직인다. 전장을 정리하고 있었다. 아군의 시신을 수습하고, 부상자를 옮겼다. 왜구의 시신은 또 따로 한쪽에 모은다.

"먼저 가서 돕고 있겠습니다. 유 소저는 여기서 좀 쉬고 계세요."

송현은 그들을 돕기 위해 나섰다.

전투도 전투였지만, 전투가 끝난 뒤의 수습도 쉬운 일은 아니었다.

그것을 그냥 보고만 있을 송현이 아니다. 함께 생사의 고비를 넘긴 이들이니, 그들을 돕는 것은 당연했다.

송현이 병사들을 도와 전장을 수습하기 위해 걸음을 옮기는 사이.

"……."

내내 고개를 푹 숙이고 있던 유서린이 고개를 들었다.

유서린의 시선이 송현의 등을 좇는다.

송현은 벌써 병사들 속에 섞여 손을 거들고 있었다.

송현이 막 부상으로 걷지 못하는 병사를 등에 걸쳐 업었을 때였다.

갸웃.

유서린은 고개를 작게 갸웃거렸다.

'등이 언제 저렇게……?'

부상병을 둘러업은 송현의 등이 새삼 너무나 크게 보였다.

그것은 처음 유서린이 보았던 송현의 등과는 너무나 다른 모습이었다.

*　　*　　*

계속된 전투는 사람의 심신을 지치게 만든다.

저녁나절이 되면 손가락 까딱하기 싫어질 정도다. 병사들도 지쳤고, 그들을 지휘해야 할 장수들도 지쳤다. 천권호무대도 지치기는 마찬가지였다.

하지만 틈이 날 때마다 자리에 모여 회의를 하는 것은 소홀히 하지 않았다.

투박한 탁자 위로 절강의 지형도를 재현한 지도가 어지럽게 펼쳐져 있었다. 곳곳에 군과 왜구를 상징하는 깃발이 어지럽게 꼽혀 있었다.

좌락!

병사 하나가 급히 한쪽 벽면에 종이를 펼쳐 붙였다.

종이 위에는 현재 절강군의 현황이 상세하게 적혀 있었다.

이러한 현황은 변동이 있을 때마다 즉시즉시 작성된다.

송현이 듣기로 그것은 지휘첨사 주군균에 의해 군이 재편된 이후 가장 처음 반영된 체계라 들었다.

"허!"

"음……. 이래서야 얼마나 더 버틸 수 있을지."

새롭게 보고된 현황에 장수들의 입에서 염려 섞인 탄식이 흘러나왔다.

그들의 반응에 송현도 조심스럽게 벽에 붙여진 현황을 살폈다. 비록 무림맹에서 지원하고 있는 형식이었지만, 송현은 군부에 속한 사람이 아니다.

기밀이나 다름없는 현황을 살피는 것을 꺼릴 수도 있건만, 장수들 중 누구 하나 그것을 신경 쓰지 않았다.

함께 어깨를 맞대고 싸우는 사이니 충분히 그 정도의 정보는 공개할 수 있다고 여기는 듯했다.

"음!"

송현의 입에서도 작은 신음이 흘러나왔다.

'다시 병력 손실이 늘어나기 시작하고 있어!'

송현이 신음을 삼키는 사이.

지휘첨자 주군균의 시선이 천권호무대주 진우군을 향했다.

"절강 무림의 참전은? 아직이오?"

"조급해 보이십니다. 심각합니까?"

주군균의 물음에 진우군이 오히려 반문했다.

주군균은 솔직히 고개를 끄덕였다.

"현재 왜군의 숫자는 일만을 웃돌고 있소이다. 하나, 절강 성의 군세는 오천 남짓. 그마저도 시간이 지날수록 격차가 벌어지는 형국이었소."

"전에 들었던 이야기입니다."

"이후 그대들의 합류로 병력손실률이 줄어들고 있었소만, 지금은 다시 늘어나고 있는 형국이오. 그리고 지금 아군의 병력 수는 삼천 남짓이오."

"흠!"

좀처럼 감정을 드러내는 일이 없는 진우군의 입에서도 신음이 흘러나왔다.

절강군 삼천 대 왜군 일만의 싸움.

"이 상태가 계속되면 항주도 지키기 어렵겠습니다."

진우군이 조용히 상황을 판단했다.

주군균은 부정하지 않았다.

"병력의 숫자의 격차에서 압도적인 차이가 벌어진다면, 그렇게 될 것이오. 항주를 저들의 손에 내어주고 나면 앞으로 더 많은 피를 흘려야 저들을 몰아낼 수 있을 것이오. 아니, 그것도 장담할 수 없소이다."

항주가 가지는 상징성.

항주가 가지고 있는 물자.

항주가 넘어가면 그 순간 그 모든 것이 넘어가 버린다.

냉정히 보면, 지금의 상황에서 항주를 빼앗기고 나면, 다시 항주를 수복한다는 것은 불가능에 가깝다. 그땐 절강 무림이 참전한다 해도 너무 늦은 이후가 되어버린다.

"애초 저들이 노렸던 것이 이것이었소. 무리하게 병력을 소모하는 대신, 산발적인 기습과 약탈로 조금씩 절강군의 병력을 소모하게 하는 것이었으니 말이외다."

"……."

절강 무림이 투입된다면 항주가 넘어가기 전이다. 결국, 주군균은 처음 무림맹이 약속했던 절강 무림의 참전을 바라고 있는 것이다.

진우군은 고개를 들어 주위를 살폈다.

주로 그의 말을 대신 해주던 주찬은 왜구의 이동 정보와 병력 상황을 알아내기 위해 밖으로 나가 있는 상태다. 위전보는 진우군보다 말이 적다. 소구의 말을 알아들을 수 있는 사람은 송현이 유일했다.

그러니 이 자리에서 그의 말을 대신해 줄 사람은 송현과 유서린 둘뿐이다.

"제가 말씀드리겠습니다."

그때 진우군의 속마음을 읽어낸 송현이 불쑥 말문을 열었다.

"그렇게 하지."

진우군은 순순히 고개를 끄덕였다.

송현은 주군균과 다른 무장들을 바라보았다.

"처음 생각했던 것보다 상황이 어렵다고 합니다. 각 문파의 이해관계가 얽혀 있으니까요. 무엇보다 절강엔 정파문파만 있는 것이 아니지요."

독시궁, 사천성, 백마신궁.

사마를 대표하던 세력이 무너졌다.

그러나 그렇다고 중원의 모든 사마세력이 무너진 것은 아니다.

이권이 있는 곳이라면 어디든 존재한다. 그것은 당장 절강의 물길을 따라 오가는 수로채만 보아도 알 수 있는 일이었다.

아무리 맹주의 명령이라 한들 눈앞의 사마세력을 두고 무작정 관을 지원하기에는 부담이 따를 수밖에 없다. 자칫 전력이 분산된 틈에 자파의 안위가 위태로워질 수도 있다.

하지만 그것은 처음부터 예상했던 문제였고, 군사부에서는 충분히 그 대책을 세워놓은 상태였다.

진짜 문제는 따로 있었다.

"또한, 지금껏 왜군이 보인 행동도 영향을 끼치고 있습니다. 그들은 철저히 무림문파가 자리 잡은 지역에서의 약탈은 피하고 있지요. 절강의 정도문파 입장에서는 그래서 더 이 전쟁을 지원할 필요성을 느끼지 못할 수밖에 없습니다."

물론, 모든 무림문파를 피하는 것은 아니다.

대세에 지장을 주지 않는다고 판단될 만큼의 작은 문파가 자리 잡은 곳이라면, 망설이지 않고 상륙과 약탈을 감행한다.

반대로 조금이라도 규모를 갖춘 문파가 자리한 곳은 철저히 상륙과 약탈을 피하고 있다. 그러다 보니 무림문파로서는 군이 왜구와의 전쟁에 개입해 손해를 감수할 필요를 느끼지 못하고 있는 것이다.

"……."

주군균은 입을 굳게 다물었다.

무림문파가 움직이지 않으면 이 전쟁은 더는 가능성이 없다.

냉정하지만 그것이 사실이다.

머릿속이 복잡해진다.

"대안을 찾아라!"

주군규은 결국 대안을 찾으란 명령을 내릴 수밖에 없었다.

내내 입을 닫고 있던 장수들은 그제야 입을 열어 저마다 의견을 내놓기 시작했다.

"낭인을 고용하는 것은 어떻겠습니까? 체계적인 진형은 갖추진 못하겠으나, 어차피 왜적 놈들이 쓰는 전법도 난전이지 않습니까. 그러하면 개개인의 무력이 뛰어난 낭인대를 운영하는 편이 차라리 이득입니다."

"못해도 일천은 넘어야 합니다. 그 많은 수의 낭인을 고용할 수 있을지도 미지수거니와, 그만한 몸값을 감당할 여력도 없습니다. 전사한 도지휘사의 가산으로 충당하면 가능할지도 모르겠으나, 그가 아직 수적과 내통하여 화포를 빼돌렸다는 명백한 증거가 드러나지 않았으니 그럴 수도 없습니다."

"맞습니다. 차라리 징집을 통하는 편이 빠르고 간단할 것입니다. 반발이야 있겠지만, 지금 절강은 전시(戰時)가 아닙니까. 황실에서도 이를 탓하진 않으실 겁니다."

장수들 사이에서 이런저런 의견이 오갔다.

하지만 크게 보자면 결국 낭인을 고용하자는 쪽과, 백성들을 병사로 징집하자는 쪽으로 나뉘어 갑을 논박을 펼치는 형세였다.

그 모습을 보던 송현은 작게 고개를 저었다.

'어느 쪽이든……'

어느 쪽이든 득보단 실이 컸다.

낭인은 돈에 칼을 파는 사람이다. 죽으면 돈을 받지 못한다. 개중에 신의를 아는 이들도 있었지만, 대부분은 신의보단 돈과 목숨을 택한다.

그렇기에 문제는 따로 있는 것이다.

북방군에서는 낭인부대를 운영하는 것을 애용한다. 원정을 나설 때는 더욱 그러했다.

그것은 북방이고 원정이기에 가능한 일이다.

도망갈 곳이 없다. 살기 위해서는 기울어가는 전황 속에서도 악착같이 싸울 수밖에 없다. 절강은 다르다. 물길은 절강 곳곳으로 이어져 있고, 도망칠 곳은 동서남북 사방 천지에 널려 있다.

그들이 끝까지 최선을 다해 싸워 줄 수 있을지는 누구도 장담할 수가 없다.

징병 또한 마찬가지다.

황실의 반응이 문제가 아니다. 중요한 것은 지금 절강의 민심이다. 계속된 왜구의 상륙과 약탈로 민심은 최악을 향해 달려가고 있다.

지금껏 쌓여온 패배의 전과 때문에 군에 대한 인식도 그리 좋지 못했다. 병사가 되면 죽는다. 그것이 절강의 백성들이 바라보는 현재의 정세였다.

그러한 상황에서 백성들을 대상으로 한 강제징집이 실행된다면, 민심은 걷잡을 수 없게 된다.

최악의 경우.

민란이 일어날지도 모르는 일이다.

"……."

송현은 일단 말을 아꼈다.

대신, 주군균을 바라보았다.

심각한 얼굴로 장수들의 의견에 귀 기울이던 주군균이 고개를 젓는다.

그 또한 송현과 같은 생각을 한 듯했다.

"모두 불가(不可)!"

그리고 그것을 확인이라도 시켜주듯 주군균은 두 의견 모두 받아들이지 않았다.

"하면, 어찌하시려 그러십니까?"

"이것 말고는 달리 방법이 없지 않습니까?"

장수들의 반발이 있었다.

그네들의 눈에는 지금은 어떤 식으로든 선택해야 할 시기로 보였던 것이다.

"……."

주군균은 입을 굳게 다물었다.

달리 방법이 없는 것은 그 또한 마찬가지다.

그때였다.

"지휘첨사님!"

병사 하나가 안으로 뛰어 들어왔다. 그리고는 주군균의 귓가에 소곤소곤 이야기를 전한다.

병사의 보고에 주군균의 표정은 시시각각으로 변했다. 그러면서도 종종 천권호무대를 향해 시선을 던지고 거두기를 반복했다.

"안으로 들여라."

"충!"

주군균의 명령에 병사는 급히 또 밖으로 달려나갔다.

"무슨 일입니까?"

진우군이 물었다.

주군균의 태도로 보아 천권호무대와 관련된 이야기라 짐작한 것이다.

그 짐작은 틀리지 않았다.

"무림맹측에서 사람이 왔다고 하오. 숫자는 오백. 따로 이야기된 것이 있었던 것이오?"

"…없습니다."

진우군은 솔직히 고개를 저었다.

그가 떠나올 때에도, 그리고 지금도 무림맹에서 추가로 무사를 차출해 보낸다는 이야기는 없었다.

하지만 짐작 가는 곳은 있었다.

무림맹에 속했으나, 맹주의 명령을 따르지 않는 이들.

"짐작 가는 곳은 있습니다."

"그 짐작 가는 사람이 저라면 맞습니다. 오랜만에 뵙는군요. 호무대주님."

진우군의 말이 끝나기 무섭게 누군가 그 말을 잇고 들어왔다.

"청령단주……."

목소리의 주인을 확인한 유서린이 짧게 그 이름을 읊조렸다.

제7장
홍화문의 비극

"유 소저도 오랜만이군요."

무림맹에서 왔다는 사람은 청령단주 단호영이었다. 단호영은 씩 웃음을 지으며 짧게 유서린을 향해 눈웃음을 건넸다. 그리고 시선을 돌려 송현을 찾는다.

"또 보는군. 풍류선인, 아니, 이제는 호국염왕이라 해야 하나? 우스워. 사람들은 별것 아닌 것에도 별것 같은 이름을 붙여 놓기 좋아하니 말이야. 안 그렇나?"

유서린을 향해 지었던 웃음은 온데간데없이 사라졌다. 무미건조한 표정에는 은근한 조롱과 적의가 묻어나왔다.

기묘한 기류가 생겨났다.

그 기묘한 기류를 깬 것은 진우군이었다.

"해후는 나중에 하지."

짧은 말이다.

하지만 그 말은 단호영을 흔들었다.

"그렇군요. 알겠습니다. 해후는 나중에 해도 늦지 않는 법이죠."

그리고 몸을 돌려 주군균을 바라보았다.

"인사가 늦었습니다. 무림맹 청령단주 단호영이라 합니다. 무림맹 원령원의 명으로 왔습니다."

시의 적절한 순간에 단호영이 이끄는 지원군이 도착했다.

더욱이 그 숫자가 오백을 조금 넘는 규모다.

급속도로 기울어가던 전세 속에서 천권호무대의 합류가 얼마나 큰 힘이 되었는지를 아는 주군균과 절강군의 무관들이었다.

그렇기에 단호영의 합류는 더욱 반가울 수밖에 없었다.

또한, 단호영을 통해 새로운 사실도 전해 들었다.

왜구 측 진형이 요 며칠 활동을 멈춘 이유가 단호영에게 있었음을 전해 들은 것이다.

"상황이 여의치 않은 듯해서 뒤를 조금 흔들었습니다. 왜구는 진해(鎭海), 옥환(玉環), 해염(海鹽)에 진지를 구축하고 있더군요."

바다와 맞닿은 부분.

주찬의 첩보로 군에서 확인한 지역과 정확히 일치하는 곳이었다.

"주력은 어디로 보셨소이까?"

"확실치 않습니다. 하지만 저들이 노략질한 물건은 모두 해염에 모이더군요."

해염은 이곳 항주에서도 그리 멀리 떨어지지 않은 곳이다.

노획한 물건을 굳이 그곳에 모은다는 의미는 관군의 반격을 전혀 걱정하지 않고 있다는 뜻으로 보아도 좋았다.

"반대로 외부에서 물건이 하역되는 곳은 진해더군요. 주로 병장기와 소금 같은 것들이지요."

"허! 결국!"

주군균이 길게 탄식했다.

진해는 크고 작은 섬들이 모여 있는 주산군도(舟山群島)와 근접한 위치에 자리 잡은 곳이다.

그러나 정작 위군균을 탄식하게 한 것은 따로 있었다.

소금.

결국, 일전에 주찬이 말한 바대로 수채와 왜구의 결탁이 있었음을 사실로 보아야 했다.

더불어 죽은 도지휘사가 군부의 화포를 수채에 빼돌렸음도 정황상 사실이라 확정짓는 편이 옳았다.

모두 다 좋은 이야기는 아니다.

"고맙소이다. 그럼 이제 단 대협께서는 우선 본영에 합류하여……."

주군균은 애써 마음을 추스르며 이야기를 이었다.

병력이 부족한 상황이었다. 단호영의 합류는 가뭄의 단비와도 같았다. 오백이나 되는 무림인의 합류는 당장 전력의 운영에도 많은 변화를 꾀할 수 있었다.

당장 머릿속에 떠오르는 계책도 여럿 있었다.

"오해하고 계시는군요."

하지만 단호영은 주군균의 말을 가로막았다.

"저는 군부의 사람이 아닙니다. 제 임무는 절강군을 돕고 최대한 전력을 보전한 채로 무림맹으로 복귀하는 것뿐입니다. 이 이상은 제 권한 밖임을 확실히 알아두셔야 할 겁니다."

모진 만큼 냉정한 말이다.

단호영의 입가에 걸린 미소가 더욱 차가워졌다.

"어찌하시겠습니까? 지휘첨사께서 거절하신다면 저는 이대로 돌아가면 그뿐입니다."

거절하면 돌아가면 그뿐이다. 도움을 주려 했으나, 그 도움을 거절한 것은 절강군의 책임자니 누구도 단호영을 탓할 수는 없다.

반대로 주군균의 입장에서는 절대로 피해야 할 일이다.

지금은 고양이 손이라도 빌려야 할 판이니까.

주군균의 목소리는 더욱 무거워졌다.

"…알겠소이다."

처음부터 대답은 정해져 있었다.

*　　*　　*

―많이 컸군.

단호영의 귓가에 남겨진 목소리.

진우군의 것이다.

"큭!"

단호영의 입가에 비틀린 웃음이 걸렸다.

"무능한 맹주의 개가 입만 살았군."

맹주의 개.

진우군을 뜻하는 말이다.

이미 상황은 알고 있었고, 또 예측하고 있었다.

무림맹주 말 한마디로 절강 무림이 바로 움직일 수는 없다. 이미 승기를 빼앗긴 절강군의 병력이 지속적으로 소비될 수밖에 없다는 것도 안다.

그러다 보면 지금과 같이 고양이 손이라도 빌리고 싶어지는 상황이 온다.

그 상황을 기다렸다.

그리고 원하는 것을 얻었다.

절강군과 함께 움직이면 아무것도 얻을 것이 없다. 전공은 절강군의 몫이 될 것이고, 손실은 손실대로 감수해야 한다.

그래서 이 상황을 노렸다.

"한 번 흔들었고, 얻을 것은 얻었다. 그럼 이제 이기는 싸움을 해야겠지."

속으로 생각을 정리했다.

천권호무대는 마음에 들지 않지만, 이 이상 전황이 악화 되는 것은 단호영에게도 좋지 않았다.

이력에 실패를 새겨 놓을 수는 없는 일이다.

그렇게 생각을 정리하는 사이.

어느덧 단호영의 앞에 무사 오백여 명이 기립했다.

"이동한다. 본격적으로 움직여야 할 것이다!"

단호영과 그가 이끄는 무사대는 항주를 빠져나갔다.

*　　　*　　　*

결국, 모든 건 단호영이 원하는 대로 되었다.

단호영이 이끌고 온 전력은 지금까지와 마찬가지로 별동대로서 왜구 측의 진형을 혼란시키는 것에서 끝이 났다.

달라진 것이라고 해봐야, 거기에 필요한 보급지원을 군에서 담당하는 정도가 전부다.

그러다 보니 천권호무대의 입장이 난처해졌다.

단호영에 의해 절강의 군관들은 큰 모욕을 당했다. 그 마음이 좋을 리만은 없다.

비록 드러내지 않았지만, 송현과 유서린을 대하는 분위기는 전과는 많이 달라져 있었다.

유서린은 입술을 깨물었다.

'처음부터 노리는 건 이것이었어.'

단호영은 굳이 찾아와 자신의 존재를 알렸다.

그리고 절강의 군관들을 자극하고 모욕을 주었다.

그는 다시 떠나면 그만이다.

하지만, 남아 있는 천권호무대는 그 여파를 감내해야 했다.

당장 주변의 시선을 의식해야 한다.

그렇게 되면 아무래도 위축될 수밖에 없다. 더불어 제대로 된 실력을 발휘하는 것도 심리적으로 어려워지게 마련이다.

단호영이 노린 것은 그것이리라.

절강군 내에서 맹주 측의 입지가 좁아질수록, 원령원은 환영할 테니까.

'괜찮을까?'

유서린은 흘깃 송현을 바라보았다.

말을 타고 달리는 송현의 시선은 전방으로 고정되어 있었다.

또다시 상륙을 위한 왜구의 움직임이 감지되었다.

이미 상륙을 저지한 이후, 곧장 방향을 틀어 이동하고 있었다.

다행이라면, 군 병력은 이미 먼저 출정하였다는 것이었으나, 조금이라도 늦게 되어 패하게 된다면 그 피해는 고스란히 힘없는 백성들이 떠안아야 할 것이다.

노인은 죽을 것이고, 반항하는 장정들도 죽을 것이다. 살아남은 몇몇 장정과 아이들과 아낙은 노예로 끌려갈 것이고, 개중에 많은, 여인들은 왜구의 노리개가 되어 희롱당하고 짓밟힐 것이다.

이미 그간 참여해 온 전투로, 귀로 들은 이야기들로 알고 있는 송현이다. 그렇기에 그는 더욱 서두르고 있었다.

말을 타 본 것도 고작 열흘 남짓일 텐데도 말을 모는 송현의 움직임은 능숙했다. 이제는 유서린이 그의 등을 보고 달려야 할 정도다.

서두르는 송현의 뒷모습.

그의 등을 바라보던 유서린은 옅게 미소를 지었다.

'하긴 그런 걸 신경 쓸 분이 아니시지.'

절강군 내의 입지를 신경 쓰기보다는, 당장 자신이 구할 수 있는 사람이 누군지를 신경 쓰는 사람이다.

그러고 보면 송현은 타인의 시선이 어떠한지는 그리 신경 쓰는 사람이 아니었다.

'다행이야.'

그 모습에 괜히 마음이 놓였다.

그사이.

정면을 바라보던 송현이 고개를 돌려 유서린을 바라보았다.

"포성이 들립니다. 다행히 크게 늦지는 않은 듯하군요."

귀가 밝은 송현은 벌써부터 포성을 들었다.

사정거리가 긴 대포의 쓰임은 양측이 거리를 벌리고 대치한 전투 초반에 빛을 발하는 법이다.

급히 군을 꾸리고 출정한 절강군이 대포를 쓸 리는 없을 테니, 왜선에서 발포한 대포 소리라 보아야 할 것이다.

"다행이네요. 곧장 밀고 들어가실 건가요?"

"아마, 거리상으로 보면 그래야 할 것 같습니다. 조심하십시오."

그것으로 끝이었다.

송현은 말의 속도를 더해 빠르게 앞으로 달려나갔다.

유서린은 송현의 등을 보며 그를 뒤쫓았다.

*　　　*　　　*

전투가 끝이 났다.

아군의 승리로 끝난 전투다.

이미 사망자와 부상자를 구분하고, 전투가 끝난 전장은 정리된 지 오래다.

또 다른 상륙을 알리는 파발이 오지 않았기에, 전투로 지친 병사들은 잠시 바닥에 주저앉아 체력을 회복하고 있었다. 상륙을 시도했던 왜구는 모두 죽거나 뿔뿔이 흩어졌고, 덕분에 운 좋게 왜구가 쓰던 전선도 획득했다.

실보다 득이 많은 전투였다.

하지만 송현의 표정은 밝지 않았다.

'슬픔이 가득하구나.'

한땐 마을이었던 곳이다. 하지만, 이제는 폐허나 다름없다. 한창 농작물이 자라야 할 밭은 피로 붉게 물들어 버렸고, 집집의 초가는 초기 왜구들의 포격 탓에 여기저기 부서져 내려앉아 있었다.

슬픔의 선이 늘었다.

전쟁은 하루에서 많은 슬픔의 끈을 만들어냈다.

너무나 어지럽게 눈앞에 펼쳐진 슬픔의 끈들로 인해 정신이 아찔할 정도다.

"흑흑흑!"

"으아아앙! 엄마!"

마을 사람들도 모두 무사하지는 못했다.

고작 열 살이나 되었을까.

목이 잘린 아이의 시체를 품에 안은 아낙이 숨죽여 울고 있었다. 다섯 살 남짓한 발가벗은 어린아이가 눈물을 터뜨리며 보이지 않는 제 어미를 찾고 있다.

아무리 최선을 다해도.

전쟁 속에서는 전부를 지킬 수 없다.

그것을 알기에. 아니, 알아가고 있기에 송현의 심정은 더욱 참담했다.

'답답해.'

문득 답답하다는 생각이 들었다.

뒤집어쓴 핏물이 시간이 지날수록 굳어갔다. 핏물에 젖은 옷은 너무나 무거웠다.

송현은 걸음을 옮겼다.

귓가로 들려오는 물소리를 좇아 움직였다.

마을 뒤편 작은 언덕에 냇가가 있었다. 피로 물들지 않은 맑은 물이 아래로 내려가고 있다.

송현은 웃옷을 벗고 그대로 물속으로 들어갔다.

피로 젖은 몸을 씻었다.

시원해진다. 답답했던 마음이 한결 가벼워지는 듯했다. 내친김에 물속으로 몸을 푹 담갔다.

잠수를 했다.

숨이 차는 듯했지만, 뒤집어썼던 핏물이 씻겨 내려가는 기분이 마냥 좋았다.

"푸화!"

그렇게 한참을 물속에 있고서야 얼굴을 내밀었다.

더 참을 수 있었다.

하지만, 그러지 않은 데에는 이유가 있었다.

"역시 여기 계셨네요."

물 밖으로 고개를 내민 송현의 귓가로 유서린의 목소리가 들려왔다.

송현이 굳이 잠수를 끝내고 고개를 내민 것도 유서린의 발소리를 들어서였다.

"여긴 어떻게 알고 찾아오셨습니까?"

송현은 멋쩍게 웃으며 머리를 긁적였다.

"송 악사님이 가시는 것을 보고 따라왔죠. 표정이 안 좋아 보이기에……!"

찰방!

유서린이 하던 말을 멈추고 급히 몸을 돌렸다.

고개를 푹 숙여버린 유서린의 두 뺨은 어느덧 붉게 변해 있었다.

"아! 놀랐다면 죄송합니다."

그런 유서린의 반응에 송현은 바보 같은 웃음을 지으며 머리를 긁적였다.

물속에 가려져 있던 송현의 상반신이 고스란히 드러났다.

"아, 아닙니다. 이런 건 천권호무대에선 익숙한 일인걸요."

유서린이 고개를 젓는다.

그러나 송현을 등지고 선 자세는 다시 원래대로 돌아오지 못하고 있는 상태다.

'익숙한 일인데 왜?'

유서린도 스스로 당황스러웠다.

유서린이 유일한 홍일점인 천권호무대다. 맡은 바 임무도 워낙 다양한데다, 위험한 일들투성이다.

그러다 보니 남정네들의 벗은 상반신을 보는 일이야 너무나 흔한 일이었다. 유서린도 거기에 별다른 감정을 느낀 적이 없었고, 다른 천권호무대도 딱히 유서린 앞에서 벗은 상체를 드러내는 것을 개의치 않아 했었다.

그런데 송현의 벗은 상체를 보자 자신도 모르게 돌아서 버린 것이다.

왜 그랬는지도 모른다.

아니, 생각보다 몸이 먼저 반응해 버렸다.

무엇보다 유서린을 당황케 하는 것은.

'근육이……'

화악!

순간 불꽃처럼 열기가 일어났다.

뺨에 돌던 홍조는 이미 달아오를 대로 달아올라 두 귀까지 시뻘겋다.

송현의 상체가 물속에서 나오는 짧은 순간.

유서린의 두 눈은 그 짧은 확실히 보고 있었다. 그리고 그녀의 머리는 그 찰나의 모습을 선명히 기억하고 있다.

수천 가닥의 철사를 꼬아놓은 듯한 상체.

우람한 근육은 아니었지만, 복근은 물론 가슴에서 어깨로, 그리고 이내 팔로 이어지는 근육은 마치 단단한 갑옷 같았다.

왜 지금 자신이 부끄러워하고 있는지, 그리고 왜 그 모습은 이토록 선명하게 기억하고 있는지도 알지 못한 채 유서린은 그저 입을 꾹 다물었다.

"잠시만요."

돌아선 등 뒤로 송현의 목소리가 들려온다.

찰방. 찰방.

잠시 옷자락이 부딪치는 소리가 나는 듯하더니 이내 물소리가 들려왔다.

유서린의 심장은 빨리 뛰었다.

자꾸만 두 귀로 신경이 쓰이는 것도 의식하지 못할 정도였다.

촤악!

시원한 물소리와 함께 송현이 걸어 나오는 기척도 귓가로 선명히 전해진다.

"이런!"

그리고 들려오는 송현의 목소리.

툭.

"앗!"

갑자기 목 뒤로 느껴지는 차가운 물기에 유서린은 화들짝 놀라 송현을 바라보았다.

"또 다치셨군요."

송현이 옅게 미간을 찌푸리며 말했다.

"예?"

"목 뒤에 말입니다. 또 다치셨어요. 조심하라고 하지 않았습니까."

"아……. 언제?"

정신없이 전투를 치르다 보니 상처가 생기는 것은 어쩌면 당연한 일이다.

수십 수백의 칼날이 예기를 내뿜는 전쟁터에서는, 닿지 않고도 상처가 나는 일은 빈번했으니까.

수십을 상대하는 것도 아닌, 수백을 상대하는 일이다. 더욱이 그 상황이 난전이라면 더 말할 필요도 없다.

유서린은 멍하니 목 뒤를 쓰다듬었다.

"읏!"

짧게 눈살이 찌푸려진다.

확실히 아릿한 느낌이 목 뒤에서 느껴졌다.

깊은 상처는 아니었지만, 목 뒷부분에 옅게 베인 상처가 느껴졌다.

"안 되겠습니다. 다음부터는 제 곁에 있으세요. 그러면 그래도 가끔 도울 수는 있으니까요."

"후훗! 송 악사님이 저를 지켜주시겠다는 건가요?"

유서린은 그만 웃고 말았다.

송현이 자신을 지켜준다.

상상도 해보지 않았던 일이다.

유서린의 눈에 비친 송현은 언제나 늘 불안한 사람이었으니까. 그가 가진 힘이 강하든, 그렇지 않든 그건 중요하지 않았다.

또한, 유서린의 자존심이 그것을 용납하지 않았을 것이다.

스스로 한 사람의 무인이기에, 누군가를 지키면 지켰지 지킴을 받는 것은 언제나 사양이었다.

하지만 지금은 왜 이렇게 웃음이 나는지 모르겠다.

그냥. 싫지 않았다.

"그래도 없는 것보단 낫지 않겠습니까. 매번 이렇게 다치시니 제가 불안해서 그렇습니다."

송현이 머쓱한 듯 머리를 끄덕였다.

그런 송현의 대답에 유서린의 고개는 더욱 아래로 푹 숙여졌다.

붉어진 귀, 그리고 자꾸만 올라가는 입가.

왠지 들키기 싫었다.

"아!"

그런 유서린의 심정을 짐작조차 하지 못하는 송현은 갑자기 생각났다는 듯 손뼉을 쳤다.

"그전에 의방부터 가야겠군요."

　전쟁은 필연적으로 부상자를 양산한다.

　때문에, 왜구의 침입이 있고 난 직후 항주의 의원들을 끌어
모았다.

　최대한 자원자들을 중심으로 꾸려진 의방은 항주 중심에
서 그리 멀지 않는 곳에 위치해 있었다.

　여기저기 상처 입은 병사들이 고통스런 비명을 내지르고,
의원들은 바삐 환자들 사이를 오갔다.

　유서린은 송현의 뒤를 따라 그들을 지나쳐 갔다.

　"저번에도 또 의방에 가신다고 하셔놓고 가시지 않지 않으셨
습니까. 그러니 이번엔 저랑 같이 가십시오."

　송현이 했던 말이다.

　'알고 있었어.'

　놀랍게도 송현은 유서린이 숨긴 비밀을 알고 있었다.

　강호 경험이 쌓이면서 어느 순간부터 어지간한 상처는 스
스로 치료할 수 있게 되었다.

　무엇보다 침과 뜸, 약재를 중심으로 치료하는 기존의 의원
들의 방식은, 치료에 많은 시간이 필요하다는 점도 한몫했다.

　당장 내일도 전쟁터에 나가야 하는 상황에서 약 한 첩, 침

한 번 맞는다고 크게 달라질 것은 없었으니까.

그래서 유서린은 되도록 혼자 상처를 치료해°왔었다.

그것을 송현이 알고 있었다는 것은 전혀 모른 채로.

'아니, 어쩌면 당연한 일이겠지.'

송현이 자신의 비밀을 알았다는 데 놀라는 한편, 또 마음 한편에서는 충분히 그럴 수 있을 것이라는 생각도 들었다.

송현은 상대의 움직임에서 흘러나오는 소리를 통해 가락을 읽는다.

그 가락으로 상대의 공격 방향까지 예측할 수 있는 송현인데, 상처의 유무를 알아내는 것도 충분히 가능할 성싶었다.

아무래도 상처 입은 이의 몸놀림은 정상일 때와는 매우 다를 테니 말이다.

"여기가 지휘첨사께서 추천해 주신 곳입니다."

송현은 열린 방 한 곳을 가리켰다.

"에고. 무슨 일인가? 부인인가?"

놀랍게도 방 안의 의원은 노파였다.

머리가 눈이 내려앉은 듯 새하얀 노파가 은근한 웃음을 지었다.

"아, 아니에요!"

유서린이 반사적으로 대답해 버렸다.

"아니면, 아닌 게지. 소리는 어찌 그리 지르는고? 여하튼 일단 들어오게."

노파가 두 사람을 안으로 들였다.

다른 의원들은 쉴 틈도 없이 바삐 뛰어다니는데 반해 노파의 모습은 한가롭기 그지없었다.

방안을 둘러보는 두 사람의 모습에 노파가 웃음을 짓는다.

"그래, 내 의술이 상리와 맞지 않아 찾는 이가 흔치 않거늘, 어찌 알고 찾아왔는고?"

"지휘첨사께서 추천해 주셨습니다."

노파의 질문에 송현이 나서 대답했다.

"한데, 의술이 상리에 맞지 않다니? 그것은 무슨 뜻인지요?"

그리고 뒤이어 질문을 붙였다.

"생살을 찢고 꿰매는 의술이니 상리에 맞지 않는다는 게야. 그래서 처음 보는 환자네들은 기겁을 하고 도망치기 바쁘다오."

노파가 웃었다.

그 순해 보이는 웃음과 달리, 노파가 말한 내용은 확실히 섬뜩했다.

"그, 그게 가능한 일입니까?"

생살을 찢고 꿰맨다니.

송현이 알고 있는 상식으로는 도저히 상상조차 할 수 없는 일이다.

천권호무대에서 익힌 응급처치 법도 베어진 상처에 금창

약을 발라 면포로 묶는 정도이지 생살을 꿰맨다는 내용은 없었다.

"효과가 있으니, 그나마 찾는 이들도 있는 것이라오. 개중에 무림인도 이런 방법을 쓴다 하니, 아주 돌팔이 치료법은 아닌 게지."

"맞아요. 저도 그런 치료법이 있다는 이야기는 들었어요."

유서린이 고개를 끄덕이며 노파의 말에 힘을 실어주었다.

"젊은 처자가 아는 것도 많으이. 그래, 어디가 아파서 오셨는가?"

"아! 여기 유 소저의 상처 좀 살펴 주십시오."

송현이 유서린을 가리켰다.

노파는 그런 송현의 주문에 유서린을 보며 눈을 빛냈다.

"얼굴은 예쁘장한데, 몸은 만신창이로고! 총각은 일단 나가시게나. 나갈 때는 문을 꼭 닫아주어야 할게요."

그리고는 송현에게 방을 나가라고 한다. 그것도 모자라 나갈 때 문까지 꼭 닫아 달라 했다.

"예?"

갑작스런 요구에 송현이 반문하자, 노파가 씩 웃었다.

"상처를 봐야 찢든 꿰매든 할 것이 아니우. 왜? 남아서 처자 벗은 몸 구경이라도 하고 싶은고?"

"아, 아닙니다!"

그제야 송현이 부리나케 일어났다.

노파의 짓궂은 농담에 벌써부터 벌겋게 붉어진 얼굴을 어찌할 틈도 없었다.

"그, 그럼 치료 잘 받고 나오십시오."

도망치듯 방을 빠져 나온 송현이 유서린에게 당부한다.

"예, 걱정하지 마세요."

유서린은 송현의 그런 모습에 옅게 미소를 지으며 고개를 끄덕였다.

"저쪽 뒤로 가면 작게 화단이 있을게요. 후미진데다, 이곳엔 워낙 바쁜 군상들투성이라 찾는 사람은 없으니, 괜히 문밖에서 기다리지 말고 거기서 쉬시고 계시구려."

"그럼 거기서 기다리고 있겠습니다."

탁.

문이 닫혔다.

저벅저벅거리는 송현의 걸음 소리가 멀어지는 것이 유서린의 귓가에도 선명히 들려왔다.

"후훗!"

유서린은 저도 모르게 웃었다.

벌겋게 달아올라 어찌할 바를 몰라 하던 송현의 얼굴이 아직도 눈앞에 선하게 남아 있었다.

하지만 방 안엔 유서린만 있는 것이 아니다.

게슴츠레한 눈으로 유서린을 지켜보고 있던 노파가 혀를 찬다.

"쯧쯧쯧. 젊은 처자가 어찌 이리 얼음땡이 같을꼬?"

"예? 무슨 말씀이시죠?"

"말은 무슨 말. 자고로 꽃이 예쁘다고 전부가 아니라 이거지. 향기도 풀풀 나야 하고, 바람결에 살랑살랑거리기도 해야 벌이고 나비고 모이는 법이오."

"그게 무슨 뜻이죠?"

유서린이 고개를 갸웃한다.

전혀 노파의 말을 이해하지 못한 모습이다.

노파는 또다시 혀를 찼다.

"쯧쯧쯧. 어찌 이리 눈치도 없을꼬. 됐으니 옷고름이나 불어 보시구려."

*　　　*　　　*

단호영은 언덕 아래에 자리 잡은 넓은 무문(武門)을 바라보았다.

절홍무문(絶洪武門).

단호영이 내려다보고 있는 무문의 이름이다.

한때 절강에서도 손꼽히던 무림문파였다. 독시궁이 절강에 손을 뻗을 때 문파의 존폐를 내걸고 끝까지 맞선 곳으로도 유명했다.

하지만 그 명성과 별개로 지금은 그 많던 고수도, 무공도 잃은 채 쇠락해 가는 곳이었다.

"보고하라."

단호영이 낮은 목소리에 그의 수하가 곧장 입을 열었다.

"식솔 포함 백오십 남짓입니다. 문주 장관홍의 무위는 경계해야 하나, 그 밖에 제자들은 신경 쓸 수준이 아닙니다."

"좋군."

단호영이 웃음을 지었다.

이미 사전 정보는 알고 있었다. 지금의 물음은 그저 확인하는 차원에 불과했다.

"변복하라."

"예!"

단호영의 명령에 수하들이 옷을 갈아입기 시작했다.

평소 그들이 입던 무복이 아니다.

오히려 그것은 왜구가 입던 복장과 똑같은 것이었다.

모든 준비가 끝나자 단호영의 입가에 미소가 그려진다.

"엉덩이가 무거워 못 움직이시겠다면, 엉덩이를 가볍게 해 드려야지."

*   *   *

아침이 밝았다.

뿌연 물안개가 사위를 가득 채웠다.

홍의무문의 셋째 제자 홍학도는 밤새 주루에서 시간을 보내다 아침이 된 지금에야 홍의무문으로 돌아왔다.

한때는 절강에서도 손꼽히는 무문으로 이름 높았던 홍의무문이었지만, 지금은 그저 쇠락해 가는 무림문파에 불과했다.

이렇다 할 고수도 없고, 이렇다 할 무공도 없다.

이게 다 따지고 보면 지금은 사라진 독시궁과의 전쟁 때문이었다.

홍학도가 이처럼 방황하는 것도 그 때문이었다.

무공을 익히고 싶어도, 제대로 남아 있는 무공이 없으니 익힐 수가 없다.

아무리 노력해 봐야 그저 그런 무인이 되는 것이 전부이니, 무공에 흥미가 생길 리 만무했다.

"에잇, 퉤엣! 사부님께 또 혼나겠구만!"

홍학도는 벌써부터 사부인 장관홍에게 혼이 날 걱정을 하며 걸쭉한 가래침을 내뱉었다.

그렇게 걷다 보니 어느새 정문 앞이다.

정문은 활짝 열려 있었다.

"동현이 이놈이 또 뒷간 갔나 보네!"

오늘 문지기 번을 설 제자는 다섯째 동현이다.

평소 화장실을 자주 가는 동현의 습관상 또 문을 열어놓고 화장실로 튀어갔나 보다 했다.

그렇게 막 열린 대문으로 들어설 때였다.

툭.

무언가 축축한 무언가가 떨어졌다.

이상한 불길함이 홍학도의 등골을 훑고 지나갔다.

홍학도의 시선이 위를 향했다.

"흡!"

홍학도는 자신의 입을 틀어막았다.

부릅뜬 두 눈의 동공은 거칠게 흔들렸다.

홍의무문의 현판이 걸려 있어야 할 자리에 현판이 없었다.

홍의문주 장관홍.

홍학도의 방탕함을 꾸짖어야 할 그가 그곳에 걸려 있었다.

제8장
바뀌는 상황

왜구가 무림을 공격하기 시작했다.

그 시작은 홍의무문이다.

살아남은 사람은 아무도 없었다. 제자들은 물론, 홍의무문에 거하는 하인들까지 모두 살해당했다.

무문의 주인인 문주 장관홍의 시신은 대문에 걸려 있었다.

하나같이 코가 잘린 채로 말이다.

거기에 또 다른 증언들이 쏟아져 나왔다.

홍의무문의 비명은 저녁나절부터 시작되었다고 했다. 그 전에 왜구의 복장을 한 무사들을 보았다는 자들도 있었다.

코가 잘린 시체.

왜구의 복장을 한 무사.

왜구가 무림을 향해 칼을 뽑았다는 소문은 더욱 힘을 받을 수밖에 없었다.

변화는 바로 일어났다.

지금껏 결정을 미루던 절강 무림이 움직이기 시작했다. 각 파의 제자들을 차출하고, 필요한 물자까지 각자 담당하기 시작했다.

무림을 건드리지 않았으면 모르되, 무림을 건드린 이상 이 것은 이제 관군의 문제만이 아니었다.

동시에 절강군의 치명적인 약점이었던 병력의 숫자와 질 이 채워지기 시작했다.

상황은 빠르게 돌변했다.

*　　　*　　　*

난전이 벌어졌다.

콰직!

도신이 톱니처럼 삐죽한 거도를 든 젊은 무사가 달려드는 왜구를 단번에 두 동강 내버렸다. 그리고도 부족했는지 그대 로 검을 위로 치켜 올려 버린다. 동강난 시체는 도신에 걸려 하늘 높이 치솟았다가 이내 바닥으로 낙하한다.

병사들은 경험 많은 노병이 중심이 되어 삼삼오오 조를 이

루었다. 왜구 하나를 중심에 놓고 사방에서 돌아가며 칼질을
해대니, 제아무리 무위가 뛰어난 왜구라 한들 버텨낼 재간이
없었다. 두어 합 버티다 끝내 등 뒤에서 찔러 들어오는 검을
피하지 못하고 쓰러져 버렸다.

절강 무림이 전쟁에 지원한 이후 벌어지는 난전의 풍경이
다.

무림인들이 가진 개개인의 뛰어난 무위.

거기에 수적 열세도 극복했다.

병사들도 한결 여유가 생기니 서서히 자신감을 찾기 시작
했다.

쾅―!

저 멀리 정박한 전선에서 포성이 울렸다.

쏘아져 온 포탄이 하늘로 치솟는다.

전세가 불리하니 적아를 가리지 않고 대포를 쏘아대는 것
이다.

달리 말하자면 무림의 합류 이후 그만큼 왜구의 상황이 불
리해졌다고 해석할 수도 있었다.

하지만, 당장 쏘아져 온 포탄의 위력은 어디 가는 것이 아
니다.

땅 위로 떨어지면 적아를 가리지 않고 희생자를 만들어 낼
것이다.

"소 형!"

송현이 소리치며 달려나갔다.

"우어!"

소구가 곰 같은 기합을 내지르며 방패를 내던졌다.

타닷!

소구의 괴력에 날아가는 방패.

송현은 그 방패를 밟고 하늘로 솟아올랐다.

화륵!

광릉산의 분노의 가락을 불러온다.

공중에서 불길에 휩싸인 송현의 모습은 전쟁터의 모든 이의 시선을 끌기에 충분했다.

"하압!"

송현이 기합을 내지르며 검을 날렸다.

카카캉!

불꽃이 튀고 송현의 신형이 뒤로 밀린다. 하지만 그것도 잠시다.

치지직!

붉게 달아오른 송현의 검이 포탄을 꿰뚫고 관통하기 시작했다.

그 순간 몸을 비튼다.

디딜 것 없는 허공에서 다리를 박차고, 그 반동을 허리로 고스란히 옮겨온다. 거기서 또다시 허리를 튕겼다.

허리로 전달된 힘이 배가된다.

그 힘을 어깨로 옮기고, 또 손목으로 옮겼다.

"하앗!"

기합성과 함께 포탄의 궤적이 비틀렸다.

하지만, 여기서 끝난 것이 아니었다.

적선에서 쏘아낸 포탄이 하나뿐일 리 만무했으니까.

"주 형!"

송현이 주찬을 불렀다.

무림의 합류 이후 다시 천권호무대에 복귀한 주찬은 그 소리에 와락 인상을 찌푸렸다.

"아니, 저놈의 왜적 놈들은 허구한 날 화포질이야! 아직 덜 모았소만 급한 대로 이거라도 쓰시오! 흐랏차!"

속에 쌓인 불만을 토하면서 등 뒤에 짊어진 커다란 통을 내던졌다.

그 속에 검이며 삽 머리며 온갖 쇳덩이가 담겨 있었다.

그것이 허공을 비상하는 것을 본 송현이 눈을 빛냈다.

휘익!

검을 움직인다.

검을 휘두르는 송현의 움직임은 묵직하다라고 표현해도 좋을 만큼 힘이 가득했다.

두— 웅!

북 소리가 났다.

대기가 순간 일렁거렸다가 다시 원상태로 돌아온다.

파파파파팟!

동시에 주찬이 내던진 통 속에 담긴 쇳조각들이 하늘로 쏟아졌다.

타타타탕!

쇳조각들이 날아오는 포탄을 때린다.

둥— 둥— 둥!

송현의 검 놀림은 마치 전장의 진군을 알리는 북소리처럼 웅장한 울림을 만들어냈다.

그 울림이 포탄을 때리는 쇳조각에 힘을 더한다.

포탄의 비행이 멈추었다.

쇳조각의 두드림에 추진력을 잃은 포탄은 더 이상 나아가지 못하고 바닥으로 떨어져 내렸다.

"피, 피하라!"

그 아래에 있던 병사들의 입에서 비명 같은 외침이 터져 나왔다.

부산히 움직이며 포탄이 떨어지는 자리를 피한다. 그러면서도 일사불란했다.

그네들도 몇 번 이런 식으로 경험하다 보니 이제 이력이 난 것이다.

'다행이야.'

송현은 안도의 웃음을 지었다.

쏟아진 포탄을 막아낼 수 있을 것이라고는 전혀 생각해 보지 못했었다. 처음에는 그저 시도해 본다는 마음이었다. 하지만, 된다.

비록 많은 숫자를 감당하지는 못하지만, 한 척의 전선에서 쏘아내는 포탄 정도는 감당할 수 있음을 알아냈다.

그 덕분에 아군의 희생자가 줄었으니 이만한 다행도 없다.

찌─ 잉!

하지만 이내 후유증이 찾아왔다.

속이 울렁거리고, 머릿속이 지끈거린다.

일순간 전력이라 해도 좋을 만한 힘을 뽑아냈으니, 그 후유증이 결코 작을 리 없었다.

송현이 아래로 추락한다.

가락을 이용해 바람의 힘을 빌릴 여유도 남아 있지 않았다.

송현은 눈을 감았다.

"송 악사님!"

그와 동시에 익숙한 목소리가 들려온다.

와락!

강하게 팔을 잡는, 가는 손길이 느껴지고, 이내 포근한 품에 안겼다. 묘한 향기가 송현의 정신을 일깨웠다.

어느새 솟아오른 유서린이 떨어지는 송현의 몸을 받아낸 것이다.

타닷!

그렇게 송현을 받아낸 유서린이 경신술을 이용해 바닥에

안착했다.

송현은 감았던 눈을 떴다.

"매번 감사합니다."

"마땅히 해야 할 일일 뿐이에요."

송현의 인사에 유서린이 고개를 돌리며 퉁명스럽게 대답했다.

송현은 그저 웃었다.

말하기 좋아하는 사람들은 무림인들이 휙휙 허공을 날아다닌다고들 한다.

하지만, 정작 무림인들은 그런 능력이 있음에도 허공에 몸을 띄우는 일을 그리 좋아하지 않는다.

높이 뛰어오를수록, 체공 시간이 길어진다.

발 디딜 곳 하나 없는 허공에 오래 떠 있다는 것은 곧, 적의 공격에 정상적으로 반응할 수 없음을 뜻하기도 했다.

더욱이 지금처럼 난전이 벌어지는 전쟁터 한가운데에서 몸을 날린다는 것은 더욱 큰 부담을 감수해야 하는 일이다.

유서린은 지금껏 그 일을 맡아줬다.

"그만 떨어질 때도 됐지 않았소? 그러다 아주 정분나겠소."

송현과 유서린을 향해 누군가 말했다.

장난스러운 말투.

누군지 굳이 고민해 보지 않아도 그 목소리의 주인이 누군지는 충분히 알 수 있었다.

"저, 정분이라니요!"

그 소리에 놀란 유서린이 품에 안은 송현을 내던져 버렸다.

"윽!"

가뜩이나 좋지 않은 몸 상태인 송현이 바닥을 구르는 것이야 당연지사다.

그 모습에 주찬은 또 재미있다는 듯 웃음을 터뜨렸다.

"하하하하! 아무리 싫다고 해도 그렇지! 그렇다고 내던질건 또 뭐요? 하여간, 싫기는 어지간히 싫은 듯하오."

"……."

주찬의 놀림에 유서린이 입을 꼭 다문다.

두 눈에 맺힌 냉랭한 기운이 송현은 물론, 주책없이 웃어대던 주찬에게까지 고스란히 전해졌다.

"……."

그제야 주찬이 입을 닫는다.

"주우세요."

"무, 뭘 말이오?"

차가운 유서린의 목소리에, 주찬의 목소리가 불안하게 떨렸다.

"흩어진 칼들이요. 언제 다시 화포를 쏘아댈지 모르니까요."

송현이 쏘아진 화포를 막기 위해서는 무언가가 필요하다.

쇳덩이일수록 좋다. 무게도 무겁고 반탄력도 강하다. 가속도가 붙은 화포를 멈추기에는 지금으로서는 그만큼 적당한 것도 찾기 어려웠다.

하지만, 전쟁터에서 아무 때나 쇳덩이를 날릴 수도 없는 일.

그것을 미리 모아두는 것이 주찬의 또 다른 임무였다.

귀찮고 번거로운 일이다. 언제 어디서 칼날이 날아들지 모르는 전쟁터에서 주인 없는 쇳덩이를 찾아 모은다는 것이 그리 쉬운 일만은 아니다.

오늘 전투에서도 벌써 세 번째였다.

주찬의 이마에 식은땀이 흘렀다.

"구, 굳이 그래야겠소? 전투도 이제 막바지인 듯한데…….
설마 저놈들이 또 화포질을 할라고…….'"

애써 시선을 피해 본다.

하지만 유서린은 냉정했다.

"싫으시면 다시 첩보나 가시든가요."

*　　　*　　　*

주찬의 무위는 크게 모자라지 않다.

천권호무대에서도 항상 기본은 한다.

다만, 그의 장기가 정면에서 대결을 펼치는 것보단, 사람들 틈에 위화감 없이 섞이는 것이란 점이 문제였다. 타고난 분위기가 그랬고, 천권호무대에서 익힌 무공이 그랬다.

그가 주로 담당하는 일도 그런 쪽이다.

사람들 틈에 녹아들어 자연스럽게 정보를 습득하고 취합한다.

이번 전쟁에서도 그랬다.

다만 문제는 그 정보를 빼 와야 할 상대가 왜구라는 점이었다.

말이 통하지 않는다.

그러니 그 속에 의심받지 않고 녹아들려면 주찬 또한 말을 하면 안 된다.

말하길 좋아하는 주찬으로서는 이보다 최악의 환경도 없었다.

절강 무림이 절강군에 합류한 이후 주찬이 가장 크게 주장했던 것도 그것이다. 어차피 말이 통하지 않아 첩보가 이루어질 수 없으니, 한시라도 빨리 복귀시켜 달라는 것이다.

그렇게 돌아왔다.

그런데 돌아와서 하는 일이, 떨어진 쇳조각을 주워 모으는 일이다.

그것은 전투가 끝난 뒤에도 마찬가지다.

언제든 또 다른 전투가 벌어질 수 있는 상황이니, 미리 준비를 해두어야 했다.

전투가 끝나고 남들 다 쉬는 때에도 전장을 돌아다니며 떨어진 쇳조각을 주어야 하는 주찬의 입은 불만으로 댓 발이나 튀어나와 있었다.

"내가 그 말도 안 통하는 것들 틈에서 얼마나 개고생을 했는데……."

괜한 서러움이 북받친다.

"그래도 이렇게 도와드리잖아요."

송현이 그런 주찬을 보며 어색하게 웃었다.

하지만, 오히려 그것이 주찬의 눈에 불을 댕겼다.

"그게 문제요! 그게! 내가 누구 때문에 이 고생인데! 거 절약이란 것 좀 할 수 없소? 근검절약! 얼마나 좋냐 이 말이오. 뭐 한번 할 때마다 죄다 쏟아버리니 내 이러다 땅거지 되겠소. 아니, 뜬금없이 그건 또 왜 시도해 봐서는……."

"우우!"

그런 주찬의 불만 섞인 투정에 송현이 어색한 웃음을 짓는 사이 소구가 한소리를 했다.

물론, 주찬이 알아들을 수 있는 말은 아니다.

"뭐라고 하는 거요?"

주찬은 소구의 말을 통역해 줄 사람을 찾았다. 그 사람이야 당연히 송현이었다.

"그러기에 왜 유 소저 심기를 거스르냐고 하는데요?"

"그냥 농담이잖소. 농담! 빙백봉이 애도 아니고 그딴 농담에 삐칠 줄 누가 알았겠소. 어째 요즘 빙백봉께서 좀 이상해졌소."

그리고는 주찬은 눈을 가늘게 뜨고는 송현을 노려봤다.

이상해도 너무 이상했다.

유서린이 까칠한 거야 애저녁부터 알고 있던 사실이었다.

하지만 그것과 이것은 달랐다.

유서린의 까칠함은 어지간한 농담에는 그냥 무시하고 넘어가는 성격에 있었던 것이지, 이처럼 대놓고 삐치거나 하지는 않았었다.

"사실대로 말하시오."

샐쭉한 눈으로 송현을 노려보던 주찬이 송현을 추궁했다.

"네, 네? 뭘요?"

당황한 송현의 반응에 주찬의 입가에 미소가 번졌다.

"더듬었지? 막 품에 안겨서 눈감고 은근히 조물딱조물딱! 응? 그래서 빙백봉이 이러는 거야. 아니면 달리 이유도 없지 않소. 안 그렇소?"

결국 또 장난이다.

"주 형!"

송현은 결국 버럭 소리를 내질렀다.

"하하하하! 아니면 말지 뭘 또 소리를 지르실까. 내 그러니 더 의심스럽지 않소."

그렇게 혼이 나고도 주찬은 장난을 멈추지 않았다.

하지만, 그것도 잠시다.

"무슨 이야기를 그렇게 하시는 거죠?"

어느덧 다가온 유서린의 물음에 주찬의 몸이 뻣뻣하게 굳었다.

"아, 아니요. 아무것도!"

         *   *   *

전투가 끝나고 나면 부상자가 쏟아져 들어온다.

의원들은 이리저리 바쁘게 움직인다.

그러나, 그중에서 유독 한가로운 사람이 있었다.

늙은 여의원.

노파다.

생살을 찢고, 꿰매고 하는 통에 당최 찾는 사람이 없다. 노파는 오히려 그것이 좋은 듯 한가롭게 문 앞에 걸터앉아 느긋하게 주위를 훑어보며 혼잣말을 내뱉었다.

"세상이 웬수지. 세상이 웬수야. 엄한 집 귀한 자식들이 뭔 죄가 있다고 저리 온몸에 빵구가 나서 피를 쏟아야 할꼬. 쯧쯧쯧!"

혀를 차고 고개를 내젓는다.

그런 노파의 시선이 한쪽에 머무르게 된 것은 잠시 뒤의 이야기다.

"쯧쯧쯧! 저것들은 어찌 하루도 거르는 법이 없는고?"

노파의 시선이 머무는 곳.

그곳에 송현과 유서린이 있었다.

송현의 손에 이끌려 마지못해 따라오는 유서린은 곧장 노파에게로 향했다.

"안녕하세요. 오늘도 찾아뵙네요."

송현의 인사에 노파는 따뜻한 미소를 지었다.

노파를 찾는 단골손님이다.

매일같이 다쳐서 오는 꼴은 마음에 들지 않지만, 그것마저도 없으면 방을 빼야 할 만큼 눈치가 보인다.

"그래! 오늘은 또 어디가 구멍 나서 왔는고?"

노파의 물음에 유서린이 고개를 내젓는다.

"오늘은 정말 괜찮아요."

"괜찮기는요! 손목이 삐지 않았습니까!"

하지만, 송현의 말에 이내 입을 꾹 다물어 버린다.

가락을 읽는 송현에게 거짓말을 해보았자 소용이 없다. 최근 계속된 전투로 손목에 부담이 쌓인 것도 사실이다. 검을 휘두를 때마다 손목이 시큰거렸다.

"쯧쯧쯧! 이 처자는 어째 제 몸 귀한 줄을 모르는고? 그래, 일단 안으로 들어오게."

"혹시 모르니 이곳저곳 잘 좀 살펴주십시오."

송현이 거듭 부탁한다.

그 모습에 노파가 웃어버렸다.

"아주! 하는 꼴이 완전 지아비 저리 가라 구만! 애먼 짓 하지 마시게. 제 몸 귀한 줄 모르는 처자 데려다 살 부비고 살아봐야 들어가는 건 약값밖에 없으니. 일단 자네는 에서 기다리게. 정히 심심하면 뒤뜰 정원에라도 가시든가."

"예, 알겠습니다."

송현이 꾸벅 인사를 한다.

이미 익숙한 일이니 달리 이상할 것도 없다.

노파는 그런 송현을 보며 고개를 끄덕이다 이내 휙 하고 의방 안으로 고개를 돌렸다.

"네놈도 농땡이 끝났으면 그만 나가거라. 엄한 방 차지하고 드러눕지 말고!"

"아! 진짜 아프다니까 왜 그러시오!"

방 안에는 이미 선객이 있었다.

그 목소리가 익숙했다.

아니, 처음 의방에 들어왔을 때부터 송현은 그의 존재를 알고 있었다.

그가 빈둥거릴 때마다 흘러나오는 가락이 느껴졌었다.

"아프기는! 왜? 정히 그리 아프면 뼈라도 깎아줄까?"

"소름 끼치는 소리 마시오! 에잇! 모처럼 좀 쉬어 보려고 하니 당최 도움이 안 되오! 도움이!"

그가 의방에서 나왔다.

한숨 거나하게 잤는지 머리에는 까치집을 지은 채다.

"송 악사는 또 왔소? 거 누가 보면 진짜 부부인 줄 알겠…아!"

짝!

"엄한 소리 말고 어서 방이나 비우거라! 일하는 데 방해되니!"

또 괜한 농담을 하려던 주찬의 등을 시원하게 쳐 버린 노파가 주찬을 내쫓았다.

주찬이 그렇게 노파의 등쌀에 떠밀려 방을 나오는 사이.

"그럼 있다 뵙겠어요."

유서린은 송현에게 꾸벅 인사를 하고는 의방 안으로 들어갔다.

탁!

문이 닫힌다.

달리 할 일도 없어진 송현과 주찬이 멀뚱히 서로를 바라봤다.

"뭐 할 거 있소?"

"글쎄요?"

"그럼 술이나 마시러 가십시다."

"임무 중인데 괜찮겠습니까?"

송현이 눈을 크게 떴다.

임무 중이다. 그런데 술이라니?

하지만 주찬은 별것 아니라는 듯 손을 휘휘 저었다.

"적당히 마시면 되오. 적당히만! 간만에 전투도 일찍 끝났
는데 무슨 잔소리를 그렇게 해대시오. 어차피 송 악사만 조용
하면 아무도 모르니 걱정 마시오."

그리고는 이끌고는 사라진다.

"아니, 그래도……."

"그래도는 무슨 그래도? 술값 내가 낸다니까? 내가 괜찮다
고 안 하오? 정 술이 싫으면 그냥 앞에서 술 상대나 해주면 되
는 것 아니오!"

송현이 무어라 하든 주찬은 기어이 술을 마실 기세였다.

*　　　*　　　*

"또 술을……!"

유서린이 문밖을 노려본다.

문 바로 너머에서 들려온 목소리를 유서린이 듣지 못할 리
없었다.

"흘흘흘! 왜? 술 먹다 엄한 년이랑 눈이라도 맞을까 무서운
고?"

그런 유서린을 보고 노파가 장난을 건다.

"그런 것 아니에요."

"아니면 아닌 게지 왜 그리 또 정색을 하고 그러시는가? 일

단 팔이나 내밀어 보오."

유서린이 곧장 정색을 했지만, 그마저도 노파는 대수롭지
않게 넘겨버린다.

노파는 유서린이 내민 손을 이리저리 살피며 중얼거렸다.

"연정(戀情)이 달리 연정이 아니오. 자꾸만 마음이 그리로
향하니 연정인 게지."

"그런 것 아니라고 말씀드렸어요."

"나도 처자보고 하는 말이 아니니 신경 쓰지 마시오."

노파는 한마디도 지지 않았다.

유서린은 그런 노파를 노려보다 한숨을 포옥 내쉬었다.

무슨 말을 해도 통하지 않는다.

주찬도 눈앞에 노파의 입심은 당해내지 못할 성싶었다.

그러거나 말거나 노파는 아랑곳하지 않았다.

"정히 제 마음을 모르겠거든 가만히 바라보는 것도 방법이
지. 가만히 눈을 맞추고 요렇게 바라보는 거요. 심장이 뛰고
명치끝이 간질간질하고, 머리에는 이상한 생각만 가득하면
그것이 연정인 게지."

"……"

유서린은 말이 없었다.

노파가 신경 쓰지 말라고 했으니 정말 신경 쓰지 않겠다는
투였다.

노파는 웃었다.

"흘흘흘! 그리 눈에 두지 않는 사람이었는데, 어느 날 갑자기 새로워 보인다든가……. 엄한 년이 곁에 붙으면 괜히 기분이 나빠서는 그년도 밉고, 그놈도 밉고 한다든가. 것도 아니면 잘 때 누우면 자꾸만 생각난다든가. 흘흘흘! 뭔 마음을 먹었기에 맥이 이리 팔딱팔딱 비 오는 날 미친년처럼 날뛰는지……. 거 가만히 좀 있으시구려."

노파는 무엇이 그리 좋은지 연신 웃음을 흘리며 유서린의 팔을 이리저리 매만졌다.

"……."

유서린은 입술을 꽉 깨물었다.

눈을 질끈 감은 모습을 보아하니 더 이상 아무 생각도 말도 하기 싫은 듯 보인다.

그런 유서린을 보고 노파가 은근히 물어온다.

"그래도 모르겠으면? 내 도와줄 수 있을 듯한데……. 이걸 어찌할꼬?"

*　　　*　　　*

밤이 되었다.

무림인들의 합류 이후 송현은 더 이상 군사회의에 참가하지 않았다. 그것은 주찬과 진우군을 제외한 다른 천권호무대원들도 마찬가지다.

절강 무림을 대표할 만한 각 파의 주인이 대신 그 자리를
차지했다.

송현은 좋았다.

덕분에 여유를 가질 수 있게 되었으니까.

그 여유의 시간 동안 한동안 미뤄왔던 수련도 하고, 때때로
음을 연주하기도 했다.

하지만, 오늘은 그럴 수가 없었다.

"무슨 일이시지?"

갑작스러운 유서린의 부름이었다.

그 부름에 송현은 비파를 켜려다 말고 밤길을 나와야 했다.

항주성 서쪽. 서호.

유서린과 약속된 장소였다.

전쟁 중이라 찾는 사람이 드물었지만, 평시에는 많은 풍류
객이 찾아와 절경을 구경하고 감탄하는 곳이라 했다.

"낮이었다면 더 좋았을 텐데."

어스름한 밤.

달빛이 호수 위에 찰랑인다.

호수를 둘러싼 청산의 그림자가 호수에 음영을 더했다.

악양의 동정호와 닮았으면서도, 또 다른 운치가 있다.

"늦으시는구나."

가만히 서호의 풍취를 즐기던 송현이 문득 주위를 보며 고
개를 갸웃했다.

유서린의 전갈을 받고 나온 길이다.

그런데도 유서린은 좀처럼 모습을 드러내지 않으니 걱정이 되었다.

그 걱정도 잠시였다.

익숙한 발소리에 익숙한 가락이 섞여들었다.

"죄송해요. 제가 좀 늦었네요."

유서린이었다.

"…아, 아닙니다."

송현은 순간 당황해 말을 더듬었다.

유서린의 모습이 평소와는 많이 달랐다. 아니, 낮에 본 모습과도 전혀 다른 모습이다.

"이, 이상한가요?"

유서린이 조심스런 표정으로 묻는다.

"아, 아닙니다. 예쁘십니다."

송현은 급히 고개를 저었다.

그러면서도 제 눈을 믿기 어려운지 다시 유서린을 멍하니 바라본다.

늘 입던 무복이 아니었다.

그녀는 하늘하늘거리는 하늘색 궁장을 입고 있었다. 잘록한 허리선과 굴곡이 과감히 드러나 있었다.

화장도 했는지 새하얀 피부에 더욱더 붉어진 입술과, 고운 두 뺨에 떠오른 홍조가 더욱 도드라졌다.

말아 올린 머릿결 사이로 드러난 가는 목선의 솜털은 당최 눈을 어디에 두어야 할지 모르게 하였다.

송현이 한 예쁘다는 말은 진심이었다.

"다행이네요."

유서린이 작게 고개를 숙이며 말한다.

그 작은 목소리가 송현의 귓가에 속삭이는 듯했다.

"이쪽이에요."

갑작스런 유서린의 변신에 송현이 당황하는 사이, 유서린은 송현을 이끌었다.

호숫가에 정박한 작은 조각배 위에 그녀가 먼저 오른다. 엉겁결에 송현이 그 뒤에 오르자 그녀는 부드러운 손길로 나루를 한 번 밀었다.

호수 위에 뜬 조각배가 부드럽게 물 위로 미끄러진다.

"잠깐 기분을 내고 싶었어요."

그녀가 송현을 부른 이유를 말했다.

"그, 그렇군요."

송현은 무의식적으로 고개를 끄덕이면서, 그녀가 무슨 기분을 내고 싶었는지는 전혀 가늠이 가지 않았다.

"……."

침묵이 흘렀다.

유서린은 이후에는 더는 어떤 말도 하지 않았으니, 침묵이 찾아드는 것은 당연한 일이다.

어색한 유서린과 어색한 분위기다.

결국, 참다못한 송현이 입을 열었다.

"아름답군요."

호수의 중심에 다가서며 바라보는 풍경은 호숫가에서 바라본 풍경과 또 달랐다.

송현의 입가에 기분 좋은 미소가 흐른다.

"그러네요."

유서린도 동의했다.

그러나 그뿐이다.

또다시 대화가 끊겼다.

어색한 분위기가 찾아들려 하자, 송현은 다시 대화를 이었다.

"오늘 항주에 오는 길에 보니 아이들이 놀더군요. 항주에 온 이후 처음으로 보는 모습 같았습니다."

전황이 반전을 시작하면서부터 일어난 변화다.

아이들의 뛰노는 모습은 항주에 어느 정도 안정이 찾아왔음을 의미하고 있었다. 아니, 송현은 단지 아이들이 뛰노는 모습 그 자체로도 좋았다.

"주 형께 들으니 구호소도 곧 차려질 예정이라고 합니다. 전쟁으로 생겨난 부모 잃은 아이들과, 터전을 빼앗긴 이들을 구휼할 예정이라고 하네요. 다행히 이번에 같이한 무림문파도 뜻을 함께했다고 합니다."

이런저런 이야기를 했다.

일방적인 이야기였지만, 적어도 어색한 분위기는 면할 수 있었다.

"제가 불편한가요?"

문득 유서린이 물었다.

"…그럴 리가요."

잠시 말문이 막혔던 송현은 이내 고개를 저었다.

부담스러운 것은 어색한 분위기이지, 유서린이 아니었다.

"천권호무대에 든 이후 한 번도 꾸며 본 적이 없었어요. 단지 조금이라도 더 강해지길 바랐었죠. 그래야……."

유서린이 고개를 숙인다.

'슬퍼 보이시는구나.'

송현은 그런 유서린의 얼굴이 너무나 슬퍼 보인다 생각했다.

유서린이 웃었다.

"이런! 제가 너무 제 이야기만 했네요."

그리고는 자리에서 일어섰다.

자그마한 조각배가 흔들렸지만, 무림인인 그녀가 물에 빠질 일은 없을 것이다.

하지만 송현은 그 생각을 바꿔야 했다.

그녀의 궁장과 왼쪽 당화 사이로 드러난 면포 때문이다. 면포는 그녀의 왼 발목을 단단히 감싸고 있었다.

"낮에는 괜찮으시지 않으셨습니까? 다리는 어쩌다 이러신 겁니까?"

분명 오늘 낮까지만 해도 없었던 흔적이다.

의아한 송현의 물음에 유서린이 낮게 웃으며 대답했다.

"노파께서 해주신 거랍니다. 이렇게 하지 않으면 조만간 발목도 상할 거라고요. 아프진 않지만, 조금 불편하네요."

"그렇군요. 어쩐지……."

송현이 고개를 주억거렸다.

분명 유서린의 걸음에서 엿들은 가락은 전과 다를 바 없었다. 발목에 문제가 있었다면 알아차리지 못할 리가 없다.

"달이 참 예쁘네요."

유서린이 멍하니 달빛을 바라본다.

달빛이 유서린의 얼굴 위로 내려앉았다.

밝은 보름달이 뜬 밤하늘.

찰랑거리는 호수 위에 떠 있는 작은 조각배.

그리고 그 달을 바라보는 미녀.

송현은 웃음을 지었다.

"될지는 모르겠지만……."

첨벙.

송현의 손이 물속으로 쑥 들어갔다.

그리고 눈을 감는다.

악기를 연주하듯이 송현의 손은 물길을 어루만졌다.

차랑—!

기이한 소리가 났다.

호숫물이 만들어내는 연주.

그 연주가 배를 중심으로 온통 감싸 안는 듯했다.

마음이 동한 연주다.

따로이 곡이 있는 것도 아닌, 지금의 풍경을 보고 떠올린 음률이다.

그 음률은 잔잔하면서도 부드러웠고, 또한 맑았다.

"좋네요."

유서린이 웃었다.

그때였다.

"앗!"

유서린이 한 발을 내딛자 작은 배가 흔들렸다. 평소라면 걱정하지 않았을 송현이지만, 유서린은 발이 불편한 상태라는 것을 알고 있었다.

예상대로 감았던 눈을 떠 보니, 유서린의 중심이 흐트러져 있었다.

금방이라도 호숫물에 빠질 것만 같다.

"위험해요!"

송현은 유서린의 팔을 와락 잡아당겼다.

쿠— 웅!

"……"

코와 코가 맞닿았다.

잡아당기는 송현의 손길에 유서린의 몸은, 송현의 위로 포개어졌다.

서로의 호흡이 얽힌다.

두 사람의 입술이 금방이라도 닿을 듯 지척의 간격을 만들어냈다.

"…아!"

유서린은 작게 감탄사를 흘리며 눈을 감았다.

"흘흘흘. 코가 닿고, 눈이 마주치고, 입술이 닿을 듯해지면 심장이 아주 난리를 쳐댈 거야. 그리고는 왜 그러는지도 모르고 눈이 감기지. 마음은 조마조마하면서도 뭔가 은근한 게 간질거리며 고개를 내밀게야."

노파가 한 말이었다.

송현을 이 밤중에 불러낸 것도 이 때문이다.

노파의 말처럼 연정인지, 아닌지를 알아내기 위해서.

눈은 이미 감겼다.

두근. 두근.

빨라진 심장의 고동 소리는 귓가에 선명히 울린다.

후욱!

송현의 숨소리에 마음이 조마조마해지면서도, 또 은근히

간질간질거린다.

"그게 연정이야."

노파가 했던 마지막 말이 유서린의 귓가에 아른거린다.

*　　　*　　　*

간밤의 일이 있고 난 이후.

또다시 전투가 벌어졌다.

무림이 합류한 이후 한동안 전쟁이 잦아지더니, 어느 순간부터 전투가 뜸해졌다.

대신 그 규모가 서서히 커졌다.

제 세상처럼 강물을 누비며 날뛰던 왜적의 세는 점점 더 뒤로 밀리고, 무림이 합세한 절강군은 서서히 빼앗기고 약탈당했던 땅을 되찾기 시작했다.

그럴수록 한 번 한 번의 전투는 더욱더 치열해져 갔다.

멍―

그렇게 치열해져 가는 전장 속.

유서린은 검을 든 채 멍하니 서 있었다.

천권호무대는 다른 다수의 무림인과 함께 왜적의 측면을 치고 들어가 흔드는 임무를 맡았다. 한 번에 치고 들어가서

반대편으로 빠져야 한다.

그런데 유서린은 전혀 움직일 생각이 없어 보였다.

'내가 언제부터? 왜?'

어제의 일.

노파의 말대로라면 유서린이 송현에게 품고 있는 마음은 연심이 확실했다.

문제는 왜? 언제부터인가였다.

한눈에 반한 적은 없다. 처음 송현을 보았을 때 유서린의 관심은 이초에게 있었지, 송현에게 있지 않았다. 그러니 눈에 들어오지 않았다. 이후 그가 고집을 피울 때는 그보다 한심하고 답답할 수가 없었다.

그랬던 사람이다.

그런 사람에게 첫눈에 반했을 리 없다.

그렇다면 왜?

아무리 생각해도 그 대답은 나오지 않았다.

"캬아아악!"

그렇게 유서린이 멍하고 있던 사이, 다른 천권호무대와 무림인들은 벌써 저만치 멀어져 있었다.

고립된.

그것도 멍하니 서 있기만 하는 유서린은 좋은 먹잇감이다.

기괴한 기합성과 함께 폭 좁은 장도가 유서린의 눈앞으로 불쑥 튀어나왔다.

'막아야……!'

멍하니 있던 유서린도 그제야 정신을 차렸다.

황망한 정신을 수습하고 급히 검을 치켜들었다.

'막을 수 있을까?'

자신 할 수 없다.

눈앞에 튀어나온 장도는 이미 그 거리가 가깝고, 이제 겨우 반응한 유서린의 검은 아직 그 장도를 가로막기에는 멀리 있었다.

'무인으로서 실격이야.'

유서린은 눈을 질끈 감았다.

전투 중에 다른 곳에 정신을 팔았으니, 무림인으로서 이보다 큰 잘못은 없었다.

그러니 충분히 막을 수 있는 공격조차 막지 못하는 사태가 벌어지지 않은 것인가.

"……."

하지만 아무리 눈을 감고 있어도 아무런 고통도 느껴지지 않았다.

유서린은 그제야 눈을 떴다.

"괜찮으세요?"

걱정스럽게 바라보는 눈빛.

어느새인가 송현이 왜구의 도를 막고 유서린의 앞에 선 것이다.

송현의 몸은 붉게 타오르고 있었다.

"멀리 떨어지지 말라 하지 않았습니까. 이러니 매번 다치시지요!"

가볍게 유서린을 나무란 송현이 몸을 돌린다.

"잘 따라오십시오!"

그리고는 붉게 달아오른 검을 앞세워 막아선 왜구를 갈라냈다.

두근. 두근.

유서린은 가슴 어림을 어루만졌다.

이제는 얼굴을 보는 것만으로도 심장이 뛴다.

이유는 아직 모른다. 하지만, 심장이 뛰는 것은 확실했다.

*　　*　　*

"어떻게 해야 하죠?"

불쑥 찾아온 유서린의 방문에 노파는 멀뚱히 그녀를 바라봤다.

그러다 이내 웃었다.

"홀홀홀. 기어이 확인을 해봤는고?"

"언제부터인지도 몰라요. 왜인지도 아직 모르겠어요."

"거야 내가 어찌 아누? 본인이 아는 것이지."

노파는 여유로웠다.

거보라는 눈으로 유서린을 바라보며 그녀를 향해 돌려 앉았다.

"그래, 차근차근 이야기해 보면 알 것 아닌가."

"……."

유서린은 입을 꾹 다물었다.

처음 겪는 일이다. 그러니 무엇을 어떻게 해야 하는지 아무것도 알지 못했다.

다만, 자신의 이야기를 누군가에게 한다는 것은 망설여졌다.

"싫으면 말면 그만이지. 나야 아쉬울 것이 없으니."

"말할게요!"

미련 없이 돌아서는 노파의 모습에 유서린이 소리쳤다.

이미 평소의 냉랭하고 한기를 풍겼던 그녀의 모습은 온데간데없이 사라진 지 오래다.

지금 이 자리에 있는 것은 그저 이십 대 여인에 불과했다.

유서린은 조심스럽게 입을 열었다.

"처음에는 그저 귀찮고 답답한 사람이었어요. 임무 때문에 처음 만났는데, 그는 제게 임무를 방해하는 사람에 불과했죠. 그러다 같은 천권호무대의 일원이 됐어요."

"그리고?"

"그리고 여러 가지 일이 있었지만……."

"여러 가지 일이 있었다면서 말은 어찌 그리 짧은고?"

"그는 무림인이 아니에요. 그의 생각, 그가 가진 힘은 무림의 것이 아니었죠. 그래서 많은 일이 있었어요. 많이 무르고, 서투르고……. 그러다 한 번은 대주님과 다투기도 했었어요. 힘들었는지 잠시 떠나기도 했었죠. 하지만 이내 돌아왔어요. 첫 살인을 경험한 채로요."

다시 돌아온 송현.

혼견의 죽음으로 충격을 받고 떠났던 송현이 다시 돌아왔을 때의 그는 혼견을 만들어 내었던 인견왕을 베고 난 뒤였다. 그리고 인견왕에 의해 독견과 혼견이 되었던 아이들을 다시 집으로 돌려보내었었다.

"하지만 여전히 그는 부족했어요. 대단했지만, 모자랐죠. 첫 살인의 충격 탓에 한동안은 제 모습이 아니었어요. 그러다 어느 날 자리를 털고 일어났죠. 그리고 자신의 부족한 것들을 채우기 시작했어요. 정말 열심히……."

유서린조차 감탄할 정도였다.

충격이 결코, 작지 않았음에도 송현은 그것을 이겨냈다. 더욱더 한 발 나아가 자신의 부족한 점을 스스로 깨닫고 이를 채우기 위해 노력했다.

그 모습을 먼발치에 서서 모두 지켜봤었다.

"그리고?"

노파는 거듭 유서린을 재촉했다.

유서린은 작게 한숨을 내쉬며 멈추었던 말을 계속이었다.

"이후에 공주가 찾아왔어요. 그녀가 그를 찾았죠. 그는 무림에 들기 전 교방에서 지내왔었다고 했으니까요. 그런데……. 그냥 싫었어요. 둘이 같이 있는 모습이. 공주가 웃을 때면, 그가 그녀를 위해 연주를 할 때면……."

"미웠겠지. 그래, 그다음에는 점점 더 심해졌을 테고?"

노파는 안 보아도 다 안다는 듯 말했다.

분하지만 사실이다.

"예, 맞아요."

유서린은 순순히 고개를 끄덕였다.

"그래, 하면 이제 알겠는고?"

"무얼 말이죠?"

"언제부터 그가 좋아졌는지, 왜 좋아졌는지 묻는 게야."

"…아직이요."

"이런 둔한!"

노파가 버럭 성질을 냈다.

그리고는 절레 고개를 저었다.

"이유가 무엇이 중요하겠는가. 일단 연심이 생겼으면 중요한 것은 그다음이지. 아니 그런고?"

"다음이라니요?"

유서린이 눈을 동그랗게 뜨고 묻는다.

그 모습조차 세상살이를 버텨온 노파에게는 답답하게만 느껴졌다.

"이거 순 맹탕이로고! 하면? 순 가슴앓이만 하다 죽으려고?"

"……."

유서린은 입을 꼭 다물어 버렸다.

이제 겨우 마음을 확인해 보았을 뿐이다. 이유조차 모르는 사이 시작된 마음에 당황스러움만 가득할 뿐이다.

거기에 무얼 더 생각한단 말인가.

유서린은 노파를 가만히 바라봤다.

"어떻게 해야 하죠?"

"후리고 봐야지. 이유야 일단 후리고 생각하는 게야. 알았는고? 일단 후려!"

노파는 진지했다.

*   *   *

"여자나 후릴 것이지! 천권호무 뭐시기도 모자라 이제 전쟁까지? 이 미친놈이 악공이면 악공답게 음이나 연주하고, 여자나 가끔 후려주고 그렇게 살면 되는 인생을 갖고, 왜 이리 피곤하게 사는 것인지!"

이초가 버럭버럭 소리를 내지른다.

"허허허. 천권호무대입이다. 그리고 송 악사 성격에 누굴 후린다는 말입니까. 괜히 후려지지만 않으면 다행이지."

그런 이초의 말에 대답하는 이가 있었다.

정천신권 유건극.

잠시 무림맹을 나온 그는 원하는 목적을 이루지 못한 채 이초를 찾았다.

근 십여 년도 더 된 해후였다.

그 첫 해후부터 이초는 불퉁거리는 입술로 거친 말만 쏟아내니 유건극의 입장에서는 그저 웃음만 나올 뿐이다.

"왜? 얼굴은 그만하면 됐고, 연주는 또 좀 잘하나? 분위기 만들어서 그냥 확! 하면 안 넘어올 처자가 어디 있겠는가. 여하튼 피는 안 통했어도 자식은 자식이야. 자식이 생 가시밭길만 걸어가는데 지켜보는 아비는 얼마나 속이 타는 줄 자네는 아는가?"

"피 통한, 소제의 딸도 천권호무대에 있습니다. 이 형."

"거야 자네가 피 한 방울 없는 냉혈한이니 그런 것이고! 아무튼 내 새끼 몸에 상처 하나 났다가는 당장 무림맹으로 뛰어가 네놈 얼굴에 똥칠을 할 것이야!"

욱신!

유건극의 얼굴이 일그러졌다.

이초의 독설은 유건극의 역린을 사정없이 후벼 팠다.

원래 이런 사람이다.

그것은 유건극도 안다.

그렇기에 이렇게라도 넘어갈 수 있는 것이다.

대신 유건극은 대화의 주제를 돌렸다.

"몸은 괜찮은 겁니까?"

유건극은 이초를 안타깝다는 듯 바라봤다.

정정한 목소리와 달리, 이초는 누워서 일어나질 못한다. 그를 봐주는 위자건이란 의원의 말을 들어보니 얼마 전에는 숨까지 잠시 멈췄었다고 했었다.

"괜찮았으면 당장에라도 달려가서 송현이 그놈 목줄을 채고 왔겠지. 안 괜찮으니 이리 있는 것 아닌가. 기력이 달려서 이젠 걷지도 못해. 요즘은 소리도 잘 안 들리더구만. 내 몸이 성하면 자네 오는 소리라도 들었을 텐데, 자네가 얼굴 들이밀고 나서야 온 줄 알지 않았던가."

"기력이 쇠한 것입니까?"

"기력이야 원래 상했고, 기력이 상하니 잠자던 귀기가 날뛰는 거고, 사기(邪氣)가 날뛰니 자꾸 산 사람 보고 귀신 되라고 이 난리를 쳐대는 거지. 그래도 걱정 말게. 내 끝까지 살아남을 테니. 송현이 그놈이 음의 끝을 보고 와서 연주해 주겠노라 약속했으니 죽어도 그 연주 다 듣고 죽어야지. 안 그런가?"

"허허허허. 그리 말씀하시니 소제 안심이 됩니다."

"자네 안심하라고 하는 말이 아니니 신경 끄고……. 많이 힘든가?"

목소리가 진중해졌다.

누워서 유건극을 바라보는 이초의 눈빛도 무거워졌다.

유건극의 웃음에 씁쓸함이 담겼다.

"힘이야 들지요. 최근 궁에서 공주라는 여인이 왔었습니다. 이번 전쟁도 그 때문에 지원하게 된 것이니까요. 일전에 이 형께 했던 말 기억하십니까?"

"그 무림이 성할 때마다 꼭 이런저런 혈사가 일어난다 이 말?"

무림이 전성기를 구가할 때.

그 힘이 폭발적으로 증가하는 성장세와, 별다른 다툼이 없는 안정기를 동시에 맞이하는 때가 있다.

그때마다 꼭 혈사가 생긴다.

정마대전, 정사대전이 생기고, 이민족이 나라를 침탈하고, 그것도 아니면 스스로 자중지란(自中之亂)을 일으키며 몰락한다.

무림이 생겨난 이래.

그와 같은 일은 필연적이라 할 만큼 반복적으로 일어났다.

언젠가 유건극이 이초에게 했던 말이다.

"거야 가만히 있길 싫어하는 무림인이라면 당연한 것 아닌가?"

"지금도 그리 보이십니까?"

"글쎄⋯⋯. 모르겠네. 내 옆에서 다 지켜보지 않았는가."

반복된 역사를 이야기할 때는 무시하고 넘겼다.

하지만 지금은 다르다.

곁에서 지켜봤다. 유건극이 무림맹주가 된 이래. 사천성, 독시궁, 백마성이 무너지는 것을 보았다. 그것이 무림의 쇠퇴기일 것이다.

하지만 그 쇠퇴기는 짧았고, 작금의 강호에 무림맹이란 거대한 단체만 홀로 남은 지금은 무림의 황금기를 맞이해 가고 있다고 해도 좋았다.

유건극이 실권에서 밀려나고, 칠가가 무림맹을 장악한 지금도 마찬가지다. 아직은 이렇다 할 충돌은 없었으니까. 유건극이 스스로 물러남으로써 상황은 그렇게 완성되었으니까.

"피 없는 성장 경쟁을 해야 할 시기지. 칠가 놈들도 제 속셈은 따로 있을 테니까. 한데⋯⋯. 황제가 먼저 움직인다라⋯⋯. 공교롭긴 하군그래."

충분히 있을 수 있는 일이다.

하지만 너무나 시기가 공교롭기도 했다.

그러다 문득 이초가 눈을 빛낸다.

"그래도 송현이 그놈에겐 말하지 말아. 괜히 엮으려 하지 말고. 자네 딸 간수도 잘하시고! 우리 귀한 송현이를 자네 딸이랑 엮어다가 부려 먹기만 해봐! 내 가만히 있지 않을 걸세."

"그 아이가 어디 제 말을 듣는 아이입니까?"

"하긴, 그것도 그렇구만. 상처가 많은 아이이니, 자네가 하라고 한다고 할 아이가 아니지. 그래도 혹시 몰라 내 일러두

겠네. 송현이 그놈, 자네가 품을 수 있는 아이가 아니야. 적어도 자네는 그 아이를 품지 못해."

장난스럽던 이초의 눈빛이 무섭게 변했다.

"경고하시는 것 같습니다."

"경고라면? 듣겠는가? 자네는 그 아이를 품을 그릇이 못 돼. 세상 천하를 품어도 그 아이는 품지 못하지. 왜 그런지 아는가?"

"글쎄요. 모르겠습니다."

"자넨 세상은 있어도 사람은 없거든."

그것이 이초가 바라본 유건극의 그릇이었다.

제9장
결(結), 미결(未決)

포성과 함께 포탄이 떨어진다.

스무 척의 전선이 쏘아대는 포탄의 위력은 어마어마했다. 삽시간에 작은 어촌 마을 하나를 쑥대밭으로 만들기 충분했다.

다행이라면 절강 무림의 합류로 부족한 인원을 충원하고, 왜군의 움직임에 대한 경계를 강화할 수 있었다는 점이다.

이미 마을에 거주하던 백성들은 모두 대피를 시킨 상태다.

덕분에 진형을 갖춘 관과 무림은 한결 가벼운 마음으로 적선의 포격이 끝나기를 기다리고 있었다.

사실 진형이랄 것도 없다.

관군은 관군대로, 절강 무림은 절강 무림 나름대로 진을 형성하였을 뿐이다.

각각의 훈련 방향이 다르고, 운영 방법이 다르니 멀리서 보자면 병법도 모르는 어린아이가 멋대로 장난질을 쳐놓은 것처럼 보일 정도였다.

하지만, 이것은 나름대로 실전을 통해 얻은 경험을 바탕으로 구축한 진이다.

괜히 무림과 절강군을 한곳에 모아 억지로 진을 구축했다간, 이도 저도 아닌 것이 되어버린다는 것을 알고 있기 때문이다.

그렇게 포격이 끝나고 본격적인 백병전을 기다리고 있을 때.

"나와 부대주는 전투가 시작되면 곧장 적진을 파고든다. 너희는 난전을 돕는 한편, 적선의 포격에 대해 방비한다. 송현은 초반 전투에서 무리하게 힘을 빼지 마라. 포격을 막아야 하니까."

"알겠습니다."

송현이 고개를 끄덕였다.

특별할 것도 없는 작전지시다. 하지만, 그것이 현재로서는 가장 좋은 방법이었다.

진우군의 명령에 답한 송현은 가만히 고개를 돌려 아직도 화포를 터뜨리고 있는 적선을 바라보았다.

'화포만 아니라면……'

풍운조화를 부릴 수 있다.

물 위에 떠 있는 적선이야말로 송현에게는 가장 손쉬운 상대였다.

물길을 뒤집고, 비바람과 벼락을 내리치면 되니까.

하지만, 그러자면 송현은 싸울 수 없다.

오로지 풍운조화를 일으키는 데에 정신을 집중해야 한다. 문제는 거기에 있었다.

거리를 좁히고 풍운조화를 일으키는 데만 정신을 집중한다.

그런 송현은 왜적의 눈에는 보기 좋은 먹잇감에 불과했다.

화살은 막을 수 있다. 병사들을 동행한다면, 얼마간 버틸 수 있을 것이다.

하지만 화포는 막지 못한다.

병사들이나 다른 무림인들이 화포에서 쏘아낸 포탄을 막으려 하다가는 목숨조차 부지하지 못한다.

그것이 못내 아쉽다.

"쩝."

아쉬운 마음에 입맛을 다셨다.

움찔!

송현이 입맛을 다시자 유서린이 괜히 움찔했다.

눈앞엔 포탄이 떨어지고, 진우군은 명령을 내리고 있는데 유서린의 머릿속엔 전혀 다른 것이 들어 있었다.

"확 들이대는 게야. 뭣 하면 입술이라도 한번 콱 박아버리는 게지. 마음에 연심이 있는데 입술이 무슨 대수일꼬."

노파의 조언 아닌 조언이 머릿속을 맴돈다.

머릿속에선 벌써 수댓 번 송현의 입술에다가 입술을 갖다 박아버린 지 오래다.

도리도리!

그러다 이내 고개를 급히 젓는다.

진짜로 입을 맞춘 것도 아닌데 괜히 얼굴이 붉어졌다.

'어떻게 그렇게 해……'

아무리 연심이 있다지만 그건 그것이고 이건 이것이다. 아무 때나 멋대로 입술을 맞출 수는 없다. 하물며 지금은 수많은 사람이 곧 들이닥칠 전투를 준비하며 모여 있지 않은가. 그 많은 사람이 지켜보는 가운데 입술을 맞춘다니.

절대로 그럴 수는 없었다.

유서린이 눈앞에 떨어지는 포탄에도 정신을 집중하지 못하는 데에는 이 같은 이유 때문이었다.

머릿속에서는 이미 전쟁이 시작되었는데, 애먼 집만 부서대는 포탄이 무슨 대수인가.

그렇게 유서린이 머릿속에 전쟁을 치르는 사이.

포성이 멈췄다.

포성이 울리는 동안 상륙한 왜군이 진을 갖춘다.

전이라면 곧장 난전을 유도했을 왜군들이었지만, 더 이상 난전에서의 재미를 볼 수 없게 되자 진을 형성하여 움직이는 것이다.

"가지!"

진우군이 말했다.

그는 자신의 명령과 동시에 쏘아진 화살처럼 튀어져 나갔다.

"와아아아아!"

그것이 시발이었는지 진을 구축하고 기다리던 절강군이 움직이기 시작했다.

적선 스무 척.

만만치 않은 상대다.

하지만, 이미 기세가 오를 대로 오른 절강군의 함성은 우렁찼다.

'앗!'

유서린의 머릿속에 전쟁이 끝난 것도 그때였다.

벌써 저 만치 멀어진 천권호무대를 따라 유서린도 달리기 시작했다.

'지금이라면.'

시작된 전투에 사람들의 신경이 쏠려 있는 사이.

그 틈에 입술을 맞춘다면.

순간 든 생각이다.

'무, 무슨 생각을!'

유서린은 급히 고개를 내젓는다.

머릿속의 전쟁은 아직 끝이 나지 않았고, 눈앞의 전투는 이제 막 시작되고 있었다.

이래저래 바쁜 하루를 알리는 전투였다.

*　　　*　　　*

전쟁이 계속될수록.

천권호무대, 그중에서도 특히 송현의 호국염왕이란 별호가 사람들의 입에 오르내렸다.

그도 그럴 것이, 스스로 뜨거운 화염을 불러일으켜 적을 처리하는 그 화려한 무위도 무위였지만, 쏘아진 포탄을 막아내는 듣도 보도 못한 기예도 기예였다.

수십 개의 검을 손가락 하나 대지 않고 움직이다니.

이기어검술도 그렇게는 하지 못한다.

그러다 보니 사람들은 송현의 무위가 대체 어느 정도인지, 또 그것이 어떤 무공을 익혀서 가능한지에 대해 관심을 모았다.

또 한편으로는 하루하루 송현이 만들어내는 전공에 열광

했다.

그런 송현 말고도 세인들이 집중하는 사람은 또 있었다.

청령단주 단호영.

그가 이끄는 별동대의 오백의 무사들.

절강군이 왜적과 정면에서 맞선다면, 단호영은 왜적의 세력권 안에서 전과를 올리고 있었다. 그러는 한편, 패색이 짙어진 전투에 가담해 본군을 돕는 모습도 보인다.

신출귀몰한 움직임도 움직임이건만, 전투 때마다 왜적의 장수를 베어내는 청령단주 단호영의 무위도 입에 오르기 좋았다.

같은 무림맹 소속.

송형과 이루어낸 전과도 비슷하다.

하지만 두 사람이 펼쳐 보이는 무공의 모습만큼은 전혀 상반된다.

송현의 펼쳐내는 무위가 사술과 같이 기이하다면.

단호영이 펼쳐내는 무공은 전통적인 강호 무림인들의 방식 그대로였다.

어쩌면 송현과 단호영 두 사람의 이름이 세인들의 입에 이토록 오르내리는 것은 당연한 일인지도 몰랐다.

송현이 전투를 치르는 사이.

간밤의 기습을 성공적으로 끝내고 돌아온 단호영은 수하

들이 마련한 막사에 누워 잠을 청하고 있었다.

아니, 청하려고 했다.

하지만 그럴 수 없었다.

피처럼 붉은 포의를 입은 노인이 찾아왔기 때문이다.

수하들이 막사의 주위에 번을 서고 있다. 하지만, 노인은 너무나 태연하게 단호영의 앞에 자리를 잡고 앉아 있었다.

우스운 것은, 단호영조차 그를 먼저 알아차리지 못했다는 점이다.

단호영이 그가 자신의 막사에 들어왔음을 깨달았을 때는, 노인이 스스로 입을 열었을 때다.

"자넨 정말 멋진 사람이야. 이기는 싸움만 하지. 아니, 이기는 싸움만 할 수 있도록 만들어. 그래서 자네의 이력은 눈부실 정도더군."

이기는 싸움만 한다.

노인의 평가는 정확했다.

지금껏 단호영이 올린 전과 또한 그런 이기는 싸움을 고집한 끝에 얻은 것들이었다. 부러 왜구와 절강군의 싸움을 붙인다. 그 뒤 전황이 기울어가고 양측의 전력이 소비되었을 때.

그때 등장에서 화려한 전장의 주인이 되었었다.

그렇게 쌓아 올린 전공이다.

비단, 지금의 전장만은 아니다. 언제든 이길 수 있는 상대와 싸웠고, 이길 수 없는 상대는 이길 수 있을 때를 만들어 기다렸다.

그런데 노인은 그것을 알고 있는 것이다.

"…후배의 견식이 짧아 선배님을 뵙고도 알아보질 못하는 군요. 누구신지요?"

단호영은 애써 적의를 누르고 노인을 바라봤다.

상대가 자신의 막사로 들어오는 것도 알아내지 못했다. 그렇다면 단호영의 기감으로도 알아내지 못할 만큼 은밀한 은신법을 갖추었거나, 아니면 단호영이 감히 어찌할 수 없는 수준의 고수라는 이야기일 것이다.

"하지만, 자네의 주인은 달리 생각하는 모양일세. 이미 한 번의 패배로 전력을 말아먹은 바 있는 진우군을 더욱 높이 평가하는 모양이니 말이야. 하긴, 원래 귀한 것은 쉬 알아보기 어려운 법이지. 나 또한 그대가 있음을 알아보지 못하였으니."

"누구냐 물었다!"

단호영의 물음에 아랑곳하지 않고 노인은 자신의 말만 한다.

숨겨왔던 경계를 드러냈다.

어느새 손은 검대를 향해 움직이고 있었다.

"왜? 검을 뽑을 심산인가?"

그런데도 노인은 태연하다.

오히려 할 수 있으면 해보라는 듯 빙글거리며 웃었다.

그리고 경고했다.

"감당할 자신 있는가? 그 검을 뽑은 뒤에 말이야."

은은히 빛나는 두 눈의 붉은 기운.

순간 단호영은 자신의 몸이 핏빛에 잠기는 것을 보았다.

"큭!"

단지 눈을 마주한 것만으로도 단전의 내기가 들끓었다. 손은 어느덧 검대에서 멀어졌다.

"그래, 역시 자넨 눈이 좋아. 한데 자네가 모시는 주인은 눈이 없네. 그러니 쉬운 길을 두고 어려운 길을 가려는 게지. 하긴, 눈이 좋았다면 자네를 먼저 알아보았겠지."

"하고 싶은 말씀이 무엇인지 여쭙겠습니다."

단호영의 기세가 죽었다.

감히 검을 잡을 생각도 하지 못한 채 노인이 자신을 찾아온 목적만 구한다.

"받게."

노인은 단호영의 앞에 작은 두루마리를 건넸다.

두루마리를 받아 든 단호영은 그것을 펼쳐 살폈다.

"이건……!"

단호영의 눈에 경악이 어렸다.

믿기 어려운지 두루마리와 노인을 번갈아 살핀다.

"북궁 씨를 제외한 육가의 동의서이네. 달리 말하자면 북궁정을 제외한 육가의 원령이 동의했다고 보아도 좋을 게야.

어찌할 텐가? 자네의 가치를 알아보지 못하는 북궁 씨에게 충성을 다하며 사라질 텐가? 아니면 자네의 이력에 새로운 성공을 더 할 텐가?"

빙글거리며 웃는 노인의 질문에 단호영의 눈빛이 복잡하게 왔다 갔다 했다.

'이 말대로라면 북궁정은 힘을 잃었다. 육가가 동의했다고 한다면 대세는……?'

육가가 북궁가를 버렸다.

대세가 어디에 있는지는 확인하는 것은 너무나 쉬운 일이었다.

단호영의 흔들리던 눈빛이 가라앉았다.

"그리되면……. 저는 무엇을 얻게 되는지요?"

피식.

비틀린 웃음이 지어진다.

그 웃음에 노인의 눈에 이채가 반짝인다.

"내가 모시는 분은 굳이 육가에서 맹주가 나오지 않아도 개의치 않아 하시네."

"당신의 뒤에 또 누군가 있단 말입니까?"

"굳이 부정하진 않겠네. 하나, 자네는 평생 만날 일 없는 분이시니 굳이 염두에 두지 말게나. 어찌할 텐가? 나와 뜻을 함께하겠는가?"

"따, 따르겠습니다."

단호영이 고개를 숙였다.

지금껏 모셔온 북궁정을 배신하는 일이다. 하지만, 그의 결정은 빨랐다.

'어차피 그는 나의 가치를 알아보지 못했지 않은가!'

패배한 개에 불과한 진우군을 오히려 그보다 위에 둔 사람이다.

그런 사람에게까지 굳이 충성을 바칠 이유는 없었다.

"하나, 우리가 원하는 건 자네지 밖에 있는 저들이 아니야. 죽여야 하는데……. 괜찮겠나?"

"원하신다면 얼마든지요. 제가 직접……."

"아니, 그럴 필요 없네."

오백의 수하를 정리하려 일어서는 단호영을 노인이 가로막았다.

툭.

그리고 무언가를 바닥에 떨어뜨렸다.

어린아이의 머리 크기의 둥근 물체였다. 그 위에 심지가 불타오르고 있었다.

"벽력진천뢰라는 걸세. 사천성에서 좋아하던 물건이지."

쿠— 웅!

화염이 폭발했다.

단호영과 그의 수하들이 머물던 곳은 삽시간에 붉은 불길

에 휩싸인 채 전소되었다. 뜨거운 불길은 그들이 머물던 흔적
은 물론, 시체마저도 남기지 않았다.

                    *   *   *

　절강군의 기세는 파죽지세였다.

　나포한 전선들이 하나둘 늘어나고, 새로 상선을 개조하여
부족했던 숫자마저 채웠다.

　이제 왜군은 육로뿐만 아니라, 수로의 장악권까지 흔들리
고 있었다.

　한결 여유로워졌다.

　흔들렸던 민심은 다시 돌아왔고, 동려(洞廬) 이남에는 수로
를 통한 상선들이 오가기 시작했다.

　늦은 밤.

　"왜요? 또 뭔 시비를 걸려고?"

　서호를 찾은 주찬의 얼굴에는 불만이 가득했다.

　그 불만이 어슬렁거리는 걸음걸이에서조차 묻어나올 정도
다.

　그도 그럴 것이 그를 불러낸 이가 그의 아버지인 주군균이
기 때문이다.

　낚싯대를 드리운 주군균은 주찬의 불만에도 표정을 찡그
리지 않았다.

"앉거라."

"거참!"

발끈 소리라도 지를 줄 알았던 주군균이 의외로 담담한 반응을 보이자, 주찬도 이내 투덜거림을 멈추고 그의 옆에 자리를 잡고 앉았다.

"대체 이 야밤에 무슨 일입니까?"

"내일 양동작전이 있을 거다."

"그건 회의 때 이미 이야기하지 않았습니까? 전력을 둘로 나누어 해염과 진해를 친다. 해염에서는 노획당한 물건들과 백성들을 구축하고, 진해에는 저들이 공수해 온 물건을 탈취한다."

회의 때 참석한 주찬이니만큼 그 내용은 이미 알고 있었다.

두 곳 중 하나만 성과를 보여도 성공이다.

아니, 두 곳 다 상황의 여의치 않으면 군사를 물리기로 이미 합의를 보았다.

"아니, 조금 바뀌었다."

"또 뭘 또 어떻게 바뀌었기에 이리 분위기를 잡고 그러십니까."

"나도 참전하게 되었다."

"…미쳤소?"

주찬이 자리를 박차고 일어났다.

이해할 수 없다는 눈으로 주군균을 바라본다.

"회의가 끝난 뒤 첩보가 있었다. 내일 저녁을 기점으로 왜군은 그들이 노략질한 노획물을 본국으로 옮긴다더구나."

"왜군 놈들의 본국이라면? 동영 말이오?"

"노획물들만 있는 것이 아니다. 황제 폐하의 백성들도 같이 있다."

배가 떠나고 난 뒤에는 왜군에게 빼앗긴 재산도, 백성들도 다시는 찾지 못한다.

주군균의 성격상 재물을 신경 쓰지는 않을 것이다. 왜군에게 억류된 백성들을 걱정하는 것이리라.

배가 떠나고 그들이 타지로 떠나가는 이유야 너무나 뻔하니까.

노예.

황제의 백성들이 타국의 노예로 전락한다.

주군균은 그것을 염려하는 것이다.

"…좋아!"

주찬은 애써 흥분을 가라앉히며 붉어진 관자놀이를 꾹꾹 눌렀다.

"그럼 아버지가 직접 해염을 친단 말입니까?"

"아니, 나는 군사를 이끌고 진해로 간다."

"…미끼가 되시겠다 이 말씀입니까!"

애써 누른 흥분이 다시 터져 나왔다.

절강군을 총괄하는 책임자는 현재 주군균이다. 그의 생사는 전쟁에 큰 영향을 끼칠 수밖에 없다. 당장 그를 대체할 만한 직급을 가진 이들조차 없는 형국이다.

왜적으로서는 항상 입맛 도는 먹잇감이다.

항주의 군영 속에 그가 숨어 있기에 감히 건드리지 못하는 것뿐이다. 더욱이, 절강의 무림인들까지 합세한 지금은 항주의 군영은 철옹성에 비견될 만하다.

그런 그가 진해로 나선다.

두 개로 나뉘어 진군하는 절강군의 병력.

왜군들의 이목은 당연히 주군균이 있는 부대로 시선이 쏠릴 수밖에 없다.

"최대한 진군을 늦추며 시기를 맞출 것이다. 그사이 너희는 해염을 치고 백성들을 구하면 된다."

"…염병! 설득해도 안 들어 처먹을 것 다 압니다."

"고맙구나."

비꼬는 말에도 그저 고맙다고만 한다.

"누구요? 이 지랄 맞은 정보 물어온 놈이?"

가뜩이나 속에서 타오르는 열불에 화풀이할 상대라도 찾자는 심보였다.

"단호영. 그가 그러더구나."

하지만, 주군균의 입에서 첩보의 출처를 알게 되는 순간 주찬은 눈을 질끈 감을 수밖에 없었다.

"염병!'

다음 날 아침.

군이 출발했다.

항주에서 출발한 부대는 크게 모두 두 개다.

사천의 병력을 갖춘 채 진해로 향하는 쪽과, 이천의 병력으로 해염을 향하는 쪽.

두 측의 숫자를 합치면 모두 육천.

남아 있는 병력은 항주를 지켜야 하니, 사실상 이번 전쟁에서의 가장 큰 규모의 병력이동이었다.

"서두른다. 시간이 없다."

천권호무대는 해염을 향해야 한다.

해염을 공략하는 데 가장 필요한 것은 속도전이다. 최대한 빠른 속도로 치고 들어가 잡힌 백성들을 구출하고, 다시 방향을 돌려 진해로 향해야 한다.

"주 형?"

"…염병!"

진우군의 명령에 걸음을 옮기던 송현이 의아한 듯 주찬을 바라보았다.

어젯밤 돌아온 이후부터 주찬의 표정이 불안하다.

그것이 주군균 때문임을 아는 송현이었지만, 지금은 맡은 임무를 생각해야 할 때였다. 그래야 주구균도 안전할 수 있다.

"출발하셔야 합니다. 한시라도 빨리⋯⋯."

송현은 주찬을 재촉했다.

그 재촉에 주찬이 무어라 말문을 연다.

망설이다 망설이다 어렵게 말하는 모습이었다.

"송 악사. 나는⋯ 아니오. 가십시다."

그러다 이내 포기한 채 눈을 감아버린다.

힘없이 앞서 걸어가는 주찬의 어깨는 축 처져 있었다.

*　　*　　*

바닷바람이 얼굴을 때린다.

짭짤한 소금 내음이 진하게 느껴졌다.

언덕 위에 선 송현은 저 아래 보이는 왜구의 진형을 바라보았다.

성 일부를 차지한 채 부두를 중심으로 새로 목책을 세운 모습이다. 다행히 늦지 않았는지, 부두엔 커다란 배들이 가득 들어차 있었다.

"미리 말한 대로 한다. 해가 떨어지면 즉시 돌입하지."

"예!"

진우군의 말에 천권호무대가 고개를 끄덕이며 답했다.

일단 계획은 이미 들었던 대로다.

송현은 고개를 돌려 주위를 바라보았다.

송현의 옆에는 포강 인근에 근거지를 두고 있다는 휘장
파(輝掌派)의 제자들이 저마다 이야기를 주고받고 있었다.
주위의 나머지도 그와 다를 바 없다.

주로 무림인을 중심으로 전력이 편성된 탓에, 지휘체계는
복잡했다.

이끄는 장수가 있긴 하지만, 그의 말보다는 각파의 대표들
의 입김이 더욱 강한 상태다. 그 각파에서도 문파의 힘과 명
성에 의해 또다시 보이지 않는 상하가 나뉜다.

군대로 치면 오합지졸이다.

하지만, 이들 중 대부분은 무림인이니 어쩔 수 없이 안고
가야 할 문제이기도 했다.

이번엔 송현의 시선이 저 멀리 정박한 선박들로 향했다.

"……."

송현은 고개를 갸웃 거렸다.

"무슨 문제라도 있나요?"

그런 송현의 모습에 유서린이 조심스럽게 입을 열었다.

"조용하네요."

"예?"

"너무 조용합니다. 마치 아무도 없는 것처럼……. 분명 사
람의 기척은 느껴지는데……."

송현의 말에 유서린의 시선이 진지로 향했다.

"그러네요. 너무 조용하네요."

송현의 말처럼 한참 진지를 지키기 위해 부산을 떨어야 할 텐데도 돌아다니는 왜군의 병사 하나도 없다.

가슴 한편에 작은 불안이 불쑥 고개를 드밀었다.

불안을 품고 밤이 찾아왔다.

와아아아!

횃불을 밝힌 병사들이 왜적이 진지로 내달렸다. 그중에서도 유독 빠른 무리가 있었다. 무림인들이다. 신법을 익힌 무림인들은 거침없이 진지를 향해 쏘아져 나갔다.

눈앞을 가로막는 높은 목책이 있었지만, 그것은 무림인들의 앞을 가로막는 장해물이 될 수 없었다.

탑!

제일 먼저 앞장서 달리던 이들이 목책 앞에 멈춰 선다.

타닷!

그 위로 뒤따라오던 무림인이 그의 어깨를 밟고 도약했다. 높이 떠올랐다. 하지만, 목책을 넘기에는 역부족이다. 그때 뒤따라오던 또 다른 무림인이 동료의 도움을 받아 높이 도약한다. 그리고 정점을 찍고 내려오는 앞선 무림인의 어깨를 밟고 목책을 넘었다.

공성전에 있어 성벽을 넘는 일을 가장 어려운 일이라고 한다. 하지만, 화살과 같은 아무런 견제도 없는 이 상황에서 무림인들에게 성벽을 넘는 일은 그리 어려운 일이 아니었다.

곧 목책의 거대한 문이 열렸다.

그 안으로 병사들은 밀물처럼 들이닥쳤다.

혹시 모르는 일이다. 병사들의 공격에 남아 있는 왜군들이 노획물을 불태우고, 사로잡은 포로를 죽일지도 모르는 일이다.

움직임이 바빠졌다.

주위를 모두 뒤졌다.

"아무것도 없어요."

먼저 주위를 훑어 본 유서린이 다가와 말했다.

"우우!"

소구도 유서린과 마찬가지였다는 듯 고개를 끄덕인다.

비어버린 진지.

모두가 의아해하고 있을 때 송현이 입을 열었다.

"아니요. 사람은 있습니다!"

송현의 손가락이 한 곳을 가리켰다.

"배예요! 배에 사람의 소리가 들립니다."

그리고 곧장 앞장서 달렸다.

"가지!"

진우군의 명령이 떨어지자, 나머지 천권호무대원들도 그 뒤를 따랐다.

경신술을 익히지 못한 송현은 금세 추월당했다.

상관없다.

'누가 먼저 달리든 일단 사람부터 구하면 돼!'

그렇게 스스로 조급한 마음을 진정시키며 선체에 올랐다. 갑판 위엔 아무도 없다. 그러나 이내 소리가 들렸다.

"찾았습니다!"

"찾았다!"

정박한 거의 모든 배의 갑판 아래에서 들린 말이다.

병사들은 갑판 아래로 쏟아져 들어갔다.

"이쪽으로!"

"사람부터 구해야 합니다!"

그리고 미리 약속한 대로 일사불란하게 사로잡힌 포로들을 선체 밖으로 이동시켰다.

역시나 젊은 여인이 대부분이었다.

송현은 그들 틈에서 혹시라도 빼먹은 사람이 있지 않을까 주위를 살폈다.

덜컥.

송현의 발치에 커다란 나무 상자가 걸렸다.

송현의 눈길이 잠시 그곳에 머물렀다. 알 수 없는 글귀로 어지럽게 적힌 상자는 단단히 봉해진 상태였다.

"노획품인가?"

송현이 그것을 톡톡 두드렸다.

소리가 둔탁했다. 안이 꽉 차 있다는 이야기다. 더불어 쇳소리도 섞여 들려왔다.

노획품이군.

"모두 집합! 집합!"

그때 병사들이 명령을 입에서 입으로 전달한다.

예상했던 최소한의 반응이 없으니, 지휘관들끼리 회의를 통해 일단 병사를 물리려는 모양인 듯했다. 혹시 모를 적의 함정을 대비하기 위해서 말이다.

가장 중요했던 포로를 모두 구하였으니 선체를 빠져나가는 병사들의 움직임도 재빨랐다.

송현도 그들과 함께 움직였다.

막 갑판을 나왔을 때다.

우뚝.

송현은 걸음을 멈추었다.

챙!

"누구시죠?"

어느새 옆 선박의 갑판에서 날아온 유서린이 검을 뽑았다. 갑자기 뽑힌 검명에 의해 병사들도 반사적으로 검을 뽑아 들었다.

"누구냐!"

"네놈도 왜적이냐!"

잔뜩 경계가 선 병사들의 물음.

슬금슬금 거리를 벌리면서도 병사들의 두 눈엔 의구심이 가득했다.

"허허허. 왜적이라니. 아닐세. 어찌 사람을 그리 보는가?"

노인이 갑판 한쪽에 자리한 나무상자 위에 걸터앉아 있었다.

언제부터 있었는지는 모른다. 하지만, 적어도 송현이 아는 사람의 얼굴은 아니다. 아군을 뜻하는 표식조차 없다.

갑판 위의 모든 창칼이 자신을 향하고 있음에도 노인은 시종일관 여유로운 모습이었다.

그가 일어섰다.

타닥!

병사들이 무의식적으로 뒷걸음질 쳤다.

그가 앞으로 한 걸음 내디딜 때마다 병사들도 마찬가지로 한 걸음씩 물러선다.

갑판 위에 올라온 병사들의 숫자만 백에 가깝다.

그러나 지금 현재 이 분위기를 주도하고 있는 것은 노인이다.

노인은 한가로운 시선으로 주위를 쭉 훑었다.

그리고 한곳에 멈췄다.

"자네가 송현인가 보군. 광릉산은 얼마나 익혔는가?"

"무슨!"

송현의 얼굴이 경직됐다.

'광릉산을 알고 있다!'

광릉산보의 존재를 알고 있는 사람은 몇 되지 않는다.

악양에 있는 이초와 천권호무대. 무림맹주가 고작이다. 그런데 그가 광릉산을 알고 있다.

"좋은 음악일세. 세상사가 그 속에 담겨 있으니 그보다 좋은 음악이 어디 있겠나."

송현의 경직된 표정을 보고도 노인은 그저 빙글 웃을 뿐이다.

"누구십니까?"

송현이 물었다.

그 물음에 노인이 고개를 젓는다.

"아니지. 자네는 지금 내게 왜 여기 있는가를 물어야 하는 걸세. 내가 누구인지 중요한 것은 자네와 내가 다음에 만났을 때가 될 테니 말이야."

노인은 마치 가르치듯 말했다.

"다시 물어보게."

"당신은 여기 무슨 일로 오셨습니까?"

송현은 그가 원하는 질문을 했다.

씨익!

그의 웃음이 짙어졌다.

"선물을 주기 위함이지. 불꽃놀이 좋아하는가? 나는 매우 좋아한다네."

콰득!

노인의 손이 조금 전까지 그가 앉아 있던 나무상자를 부수고 들어갔다.

치르르륵!

송현의 귓가를 간질이는 소리.

'무슨 소리지?'

순간 정신을 집중했다.

뜨겁다.

소리가 뜨겁다니. 신기한 일이다.

그 순간 송현의 표정이 얼어붙었다.

"아! 그래도 물었으니 대답은 해야 예의겠지. 본노는 혈천패일세!"

"위험합니다!"

그와 동시에 송현이 소리쳤다.

콰아아아앙!

굉음이 터져 나왔다.

*   *   *

주군균은 왜군의 진형과 강을 경계로 두고 진지를 구축했다.

오늘쯤이면 해염으로 출발한 부대도 도착했을 것이다. 해가 떨어졌으니 약속대로라면 지금쯤 왜군의 진지에서 포로를 구출하고 있을 것이기도 했다.

"다행이군."

주군균은 멀리 내려다보이는 왜군의 진지를 보고 안도의 한숨을 내쉬었다.

이리저리 어지럽게 햇불이 오간다.

그 숫자가 평소에 상주하고 있던 숫자를 훨씬 웃돈다.

적어도 그만큼 해염에 주둔하고 있는 왜군 병사들의 숫자는 줄어들어 있을 것이다.

아마도 작전은 성공할 것이다.

"먼저 들어간다. 소식이 전해지면 바로 전하도록."

수하 장수에게 명령을 마친 주군균은 곧장 자신의 막사로 걸음을 옮겼다.

성공할 것이다.

그렇게 믿고 있다.

하지만, 그럼에도 불안하다.

자신의 결단 하나에 수천의 목숨이 오가는 상황이니 마음이 무거울 수밖에 없었다.

그러는 사이.

오백의 인원이 진지를 들어섰다.

"누구시오?"

병사 하나가 앞장서 그들을 막는다.

"청령단주 단호영입니다. 뒤에 있는 이들은 제 수하들이지요. 지휘첨사님께 급히 전할 말이 있어서 왔습니다."

"따라오시지요."

단호영이란 이름에 병사는 더 이상 확인도 하지 않은 채 그를 주군균의 막사로 안내했다.

"아! 어서 오십시오!"

미리 아무런 연락조차 받지 않은 주군균은 갑작스러운 단호영의 방문에 의아해하면서도 자리에서 일어나 그를 맞이했다.

"무슨 일로 찾아오셨소이까? 단 대협께서는 별도로 움직이시겠다 하시지 않으셨소?"

"급히 전해야 할 정보가 있어서 무례를 무릅썼습니다. 용서하시지요."

주군균의 의문에 단호영이 정중히 허리를 숙인다.

"정보라니요? 무언가 잘못되기라도 했단 말이시오?"

"잘못된 것은 아닙니다. 하지만 결코 가벼이 여길 것도 아닙니다."

"무엇인데 그러시오?"

"왜군이 벽력진천뢰(霹靂震天雷)를 확보한 것으로 보입니다."

"벽력진천뢰라면?"

주군균도 들어본 이름이다.

벽력진천뢰.

사천성의 성세를 가능케 한 화약무기.

단 하나의 벽력진천뢰면 중소 세가 하나를 흔적도 없이 날려버린다는 위력적인 병기다.

한때 군에서도 그와 같은 무기를 개발하려 한 일이 있었느냐, 실패했던 것으로 알고 있다.

사천성이 불타오르던 날 사천성이 보유한 벽력진천뢰와 그 개발법 모두 불타 사라졌다고 알려졌었다.

그런데 그것이 왜군의 손에 있다니!

사실이라면 이렇게 진지를 구축하고 주둔하고 있는 것조차 위험한 일이다.

"안 되겠소이다. 내 장수들을 모아 이 사실을……."

"또 있습니다."

"또?"

"예! 실은……."

"어서 말하시오!"

이미 벽력진천뢰란 이야기에 마음이 급해진 주군균이다. 한시라도 빨리 장수들을 모아 회의에 들어가야 한다. 대처법을 찾지 못한다면 어렵게 잡은 승기를 다시 내주어야 할 판이다.

"지휘첨사께서는 회의를 주최하지 못하십니다."

"그게 무슨 말이시오? 회의를 주최하지 못하……. 컥!"

은빛 섬광이 허공을 갈랐다.

동시에 붉은 핏줄기가 치솟았다.

주군균은 가슴을 부여잡은 채 비척거리며 물러섰다.

"대, 대체 이게 무슨 짓이오!"

순간 단호영이 검을 뽑아 주군균의 가슴을 베어버린 것이다.

단호영은 웃었다.

"죄송하지만 이 자리에서 죽어주셔야겠습니다. 그러니 애석하게도 회의는 저세상에서 하셔야겠군요."

일검에 끝을 내지 못했지만, 상관없었다.

어차피 상처 입은 주군균은 단호영의 상대가 되질 않는다. 아니, 설사 상처를 입지 않은 주군균이라 한들, 단호영의 상대가 될 수는 없었다.

단호영은 느긋한 움직임으로 주군균을 향해 마지막 일검을 날리려 했다.

"단호영 이 개자식!"

그 순간 터져 나온 노호성.

막사의 문이 열리고 병사가 뛰어들었다. 동시에 품 안에서 무언가 꺼내 빠르게 내던졌다.

휘익!

은빛 섬광이 기이한 궤적을 그리며 단호영을 향해 날아들었다.

단호영이 두어 발 물러서는 사이.

주찬은 품 안에서 또 다른 무언가를 꺼냈다.

죽통 모양의 쇠막대다.

주찬은 그것을 허공에 내던졌다.

휘리리리릭!

죽통이 허공에 치솟으며 휘파람 소리가 울려 퍼졌다.

그리고.

쾅!

허공에서 커다란 굉음을 내며 터져버렸다.

주찬이 씩 웃었다.

"간밤에 체조 한번 징하게 해보자! 이 염병할 것아!"

단호영이 배신했다.

그렇다면 그와 함께 온 오백의 무사 또한 아군은 아니라는 이야기다. 방금 날려 보낸 죽통은 잠자는 아군을 깨우기 위한 신호탄이었다.

*   *   *

"위험합니다!"

송현이 소리쳤다.

하지만, 그도 본능적으로 시간이 얼마 남지 않음을 알았다.

치르륵거리는 소리를 듣는 순간.

송현은 지금껏 노인이 앉아 있던 상자가, 좀 전 갑판 아래

선실에서 보았던 상자와 같은 것임을 직감했다.

다행히 선내에 있는 사람은 없다.

불행히 갑판 위에 병사들의 숫자가 너무 많다.

정박해 있는 선박만 모두 열 척.

무언가 수를 썼다면 선박 하나에만 수를 쓰지는 않았을 것이다.

분명 저러한 상자가 각 선박마다 준비되어 있을 것이다.

거대한 폭발. 시신마저 남기지 못할 뜨거운 열기.

송현이 들은 소리 속에는 그것이 담겨져 있었다.

찰나의 순간.

모든 것이 느리게 보였다.

반대로 송현의 머리는 빠르게 회전했다.

콰아아앙!

발을 찍었다.

"으어엇!"

"아앗!"

선채가 뒤흔들리고, 갑판이 깨져 나간다. 굉음과 동시에 갑판 위의 사람들이 붕 하고 허공에 떠올랐다. 나머지 아홉 척의 선박 위에서도 같은 일이 벌어졌다. 파도도 크게 일어났다가 주저앉는다.

그것은 마치 열 개의 선박이 자리한 포구 전체가 크게 뒤흔드는 지진이 일어난 듯한 착각이 일 만큼 거대한 일이었다.

"큽!"

송현의 입에서 핏물이 터져 나왔다.

제대로 된 마음의 준비도 없이 가락을 끌어 썼다. 그 힘이 포탄을 막을 때를 훨씬 웃돌았다.

그 때문인지 반작용이 곧장 찾아왔다.

하지만 그것으로도 부족하다.

부우우웅—!

송현은 무겁게 검을 휘둘렀다.

무거운 바람 소리가 울려 퍼지는가 싶더니 이내 광풍이 불어와 떠오른 사람들을 휩쓸고 지나갔다. 몸이 지탱할 곳이 없으니 허공에 떠오른 이들은 광풍에 휩쓸려 날아간다.

갑판을 내려찍은 발의 무릎이 아프다.

검을 휘두른 팔이 금방이라도 빠질 것만 같다.

"이런! 이건 본노가 원하던 상황이 아니었네만……!"

혈천패가 짐짓 아쉽다는 듯 고개를 저었다. 그리고 이내 빙글 웃는다.

"아쉽지만 어쩔 수 없지. 자네라도……. 잘 가게!"

콰아아아아아아앙!

그의 말이 끝나기 무섭게 폭발이 일어났다.

시작된 붉은 화염이 그를 뒤덮었다. 그것은 시작이다.

펑! 펑! 펑! 펑!

연계적으로 폭발이 일어났다.

송현의 예상처럼 혈천패에게서 시작된 폭발은, 이내 열 척의 배로 번져갔다.

퍼어— 엉!

갑판이 터져 나가면서 붉은 화염이 뿜어져 나왔다. 한 번 폭발을 일으켰으면 그 기세가 줄어들 만도 하건만, 폭발은 오히려 더욱 거세어지기만 할 뿐이다.

'나도 빨리……!'

화륵!

송현은 광릉산의 가락을 불러오려 했다.

홍염이 온몸을 휘감는다.

하지만.

이내 사그라졌다.

찌—잉!

이윽고 지독한 두통이 찾아왔다.

찾아든 두통에 송현은 저도 모르게 중심을 잃고 넘어졌다. 억지로 몸을 일으키려 하지만, 몸이 말을 듣지 않는다.

계속되는 폭발과, 갑판을 뚫고 올라오는 불길 속에서 송현은 힘겹게 몸을 일으켰다.

"……."

송현에 의해 나루 위로 떨어졌다.

이윽고 거대한 폭발이 연쇄적으로 일어났다.

화염은 모든 것을 집어삼키고, 폭발은 모든 것을 파괴했다.

부서진 배의 파편이 허공을 비산하다 우수수 떨어졌다.

유서린은 멍했다.

도무지 현실감이 느껴지지 않았다.

투둑.

부서진 파편 조각이 유서린의 어깨 위로 떨어지고 나서야 이것이 꿈이 아닌 현실임을 인지했다.

"송 악사님!"

유서린이 소리쳤다.

"우우우!"

먼 곳에서 소구의 울음소리가 들린다. 소구의 말은 알아듣지 못했지만, 그것은 분명 울음소리였다.

"막아라!"

진우군의 목소리가 들리고, 이내 아직도 폭발을 멈추지 않은 선박을 향해서 뛰어들려 하는 소구를 막는 소리가 들렸다.

유서린도 일어섰다.

저벅. 저벅.

느릿한 걸음으로 앞으로 나아간다.

그 느린 걸음을 걸어 다가가는 사이.

맹렬히 타오르던 불꽃에 선박의 형체는 더 이상 찾아볼 수 없었다. 송현의 모습으로 보이는 그림자조차 보이지 않는다.

맹렬한 불꽃은 바다 위에서도 사그라지지 않았다.

투두둑!

마지막으로 선체를 지탱하는 용골(龍骨)마저도 쓰러졌다.

털썩!

그 모습에 유서린은 무너져 내렸다.

"나는……. 왜?"

기회는 있었다.

고백할 수 있는 기회.

연심을 드러낼 기회가 분명 있었다.

하지만 그 기회는 유서린을 기다려주지 않았다.

왜 고백하지 못했을까.

처음으로 가슴에 품은 연정이 이렇게 허무하게 끝날 것이었다면, 왜 미리 고백하지 못했을까.

스스로에게 물어보지만, 돌아오는 대답은 없다.

"흐흐흑!"

눈물이 흘렀다.

눈앞에서 벌어진 송현의 죽음에 대한 슬픔인지, 연심을 밝히지 못한 자신을 향한 원망인지 유서린은 알지 못했다.

어쩌면 둘 다 일지도 모른다.

"푸화! 쿨럭! 쿨럭!"

그때였다.

타오르는 불꽃 속에서 기침 소리가 들려왔다.

이윽고 음영이 생긴다.

그 음영은 서서히 커지고 가까워져 오고 있었다.

화륵!

불꽃을 뚫고 음영이 모습을 드러냈다.

"왜 이렇게 울고 있어요?"

송현이었다.

새카만 그을음을 가득 묻힌 송현이 주저앉아 울고 있는 유서린을 내려다보고 있었다.

"어디 다친 데는 없죠?"

스윽.

다친 곳이 없는지 확인하면서 유서린의 눈에 흐르는 눈물을 닦아준다.

"엇! 유, 유 소저?"

순간 유서린이 송현의 품에 와락 안겼다.

당황한 송현의 몸이 경직되는 것이 느껴졌지만, 유서린은 송현을 않은 두 팔을 놓지 않았다.

오히려 더욱 힘차게 송현을 끌어안았다.

"우아아아아아앙!"

안도감에 아이처럼 울어버렸다.

"휴—! 저 괜찮아요."

송현의 몸에 경직이 풀린다. 차분한 목소리로 유서린을 안정시켰다.

하지만, 유서린은 좀처럼 울음을 그치지 못했다.

그렇게 한참을 울던 유서린이 눈물을 그치고 송현을 바라본다.

그녀가 말했다.

"알았어요."

"네?"

느닷없는 말이다.

눈을 동그랗게 뜬 송현의 얼굴에 유서린은 씩 웃었다.

눈물범벅이 된 못난 얼굴이겠지만, 유서린은 지금 그런 것 따위는 아무래도 좋았다.

"제가 당신을 왜 좋아하는지 이제 그 이유를 알겠다고요."

"…네?"

당황해서 되묻는 송현.

그러나 유서린은 더는 아무 말 않고 포옥 하고 송현의 가슴에 얼굴을 파묻어 버렸다.

송현은 눈을 끔뻑였다.

"우우우우!"

소구가 그런 송현에게 말했다.

—맞잖아요! 그때 유 소저가 질투하고 있다는 거!

*　　　*　　　*

발 없는 말이 천리를 간다고 했다.

혈천패가 모습을 드러냈다는 것만으로도 놀라운 소식이다. 천외사천 중 가장 그 모습을 보기 어려운 사람이 혈천패였으니, 그의 등장은 사람들의 이목을 집중시키기 충분했다.

그리고 송현.

호국염왕 송현이 혈천패의 손에서 살아남았다.

혈천패의 생사는 불분명했지만, 송현이 그의 손에서 살아남았다는 것만으로도 이미 중요한 소식이었다.

전서구가 사방으로 날아간다.

입에서 입으로, 서찰에서 서찰로 송현에 대한 소문이 번져갔다.

중원 천하에 그 소식이 전해지는 데에는 불과 사흘이란 시간도 걸리지 않았다.

늦은 밤.

"육시랄! 혈천패고 나발이고 간에 내가 그렇게 천권호무대에서 나오라 했거늘!"

이초도 그 소식을 들었다.

떠나던 무림맹주 유건극이 전해준 소식이었다.

그 말을 하면서 유건극은 허허 웃으며 이초의 말대로 자신은 송현을 품을 그릇이 없겠노라 했었다.

처음 그 소식을 들었을 때 이초는 버럭 화를 냈고, 그 소식을 듣고 하루가 지난 지금도 그 생각만 하면 버럭 화를 냈다.

"송현 이놈아! 그러다 죽으면 어쩌려고 그딴 놈이랑 얽혀!"

답답한 마음이 없는 송현에다 대고 타박을 늘어놓는다.

그렇게 이초가 분을 참지 못할 때.

덜컥!

문이 열렸다.

"음? 자네가 이 시간에 웬일인가?"

이초가 열린 문 너머로 보이는 이에게 말했다.

"컥!"

그리고 이내 신음한다.

고개가 아래로 향했다.

가슴 사이를 비집고 들어온 차가운 검날이 선명히 들어왔다.

투득.

핏물이 검날을 타고 흘러내렸다.

『악공무림』 5권에 계속…

황금사과의 창작공간

http://cafe.naver.com/ goldapple2010.cafe

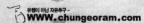

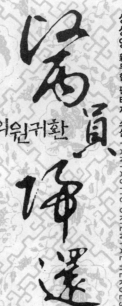

성상영 新무협 판타지 소설 FANTASTIC ORIENTAL HEROES

醫員歸還
의원귀환

서른다섯의 의무쌍수 장호,
열두 살 소년으로 돌아오다!

황밀교의 음모를 분쇄하고자 동분서주하던
영웅들은 함정에 빠져 몰살의 위기에 처하고……
죽음 직전 마지막 비법을 위해 진기를 모은 순간,
번쩍하는 빛 뒤에 펼쳐진 곳은
23년 전의 세상.

세상의 위험으로부터 가족을 지키기 위한
의원(?) 장호의 고군분투기!

『더 게이머』의 성상영 작가가
선보이는 귀환 무협의 정수!

Book Publishing CHUNGEORAM

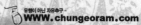

유행이 아닌 자유추구 -
WWW.chungeoram.com

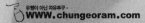

수십 년 전, 용병왕의 등장으로 생겨난
왕국과 용병의 세계.
평소엔 한없이 가볍지만 화나면 누구보다 무서운,
놀고먹고 싶은 그가 돌아왔다!

하지만 바람과는 달리 과거 그의 앙숙과 대륙의 판도는
도저히 그를 놓아주질 않는데……

"용병은 그냥, 돈 받고 칼을 빌려주는 놈들이니까."

그의 용병 철학은 단순했다.

"물론, 누구에게 빌려주느냐가 문제겠지?"

Book Publishing CHUNGEORAM

도시의 주인

말리브 장편 소설
FUSION FANTASTIC STORY

말리브 작가의 신작 현대 판타지!

죽기 위해 오른 히말라야.
그러나, 죽음의 끝에 기연을 만나다!

『도시의 주인』

다시 한 번 주어진 운명.
이제까지의 과거는 없다!

소중한 이를 위해! 정의를 외친다!

Book Publishing CHUNGEORAM

유행이 아닌 자유추구-
www.chungeoram.com